AF393878

Matthias Behrens

Star Adventure 4

Die Gefangenen von Elpis

Bibliografische Information der Deutschen Nationalbibliothek:

Die Deutsche Nationalbibliothek verzeichnet diese Publikation in

der Deutschen Nationalbibliografie, detaillierte bibliografische

Daten sind im Internet über dnb.dnb.de abrufbar.

TWENTYSIX

Eine Marke der Books on Demand GmbH

2. überarbeitete Auflage

© 2023 Matthias Behrens

Herstellung und Verlag:

BoD – Books on Demand, Norderstedt

ISBN: 978-3-740746087

„Es gibt keinen bequemen Weg, der von der Erde zu den Sternen führt.“

Zitat:
Lucius Annaeus Seneca (ca. 4 v. u. Z. bis 65 n. u. Z.), römischer Philosoph und Naturforscher

„Wenn es gut ist, dass die Welt besteht, so ist es nicht weniger gut, dass auch jede der unzähligen anderen Welten bestehen.“

Zitat:
Giordano Bruno(eigentlich Filippo Bruno, 1548 bis 1600)
italienischer Naturphilosoph, Priester, Dichter, Astronom

Der Mensch träumte, so lange es ihn gibt, zu den Sternen zu fliegen. Der Wunsch, den Kosmos zu erobern, trieb ihn viele Jahrhunderte an. Die Gesamtheit von Zeit und Raum, von der Materie und Energie waren das Ziel seiner Forschung.

Seit den Anfängen im 20. Jahrhundert waren drei Jahrhunderte vergangen. Bei der ersten bemannten interstellaren Expedition zum Planeten Gaia wurde eine außerirdische Intelligenz gefunden. Corinna, eine im Kongo geborene Namibierin und Samantha, eine australische Aborigine nahmen mit einer internationalen Crew an dieser ersten Expedition teil. Neue wissenschaftliche Erkenntnisse in der Evolution und ein Wurmloch waren die herausragenden Ergebnisse dieser Reise. Bei einer zweiten unabsichtlichen Durchquerung dieses Wurmlochs wurde die Menschheit in eine interstellare Auseinandersetzung hineingezogen. Aber sie fanden auch Freunde im All. Sie mussten auch erkennen, dass bereits Menschen von der Erde schon Jahrtausende im Weltall siedelten. Die unfreiwillige Durchquerung des Wurmlochs war ein richtiger Irrflug ins Ungewisse. Nur durch Glück und durch die Hilfe von Freunden gelang damals die Rückkehr zur Erde. Man hoffte auch, dass die kriegerischen Auseinandersetzungen im All beendet waren. Auf der Erde selbst waren durch Umweltzerstörung und

Überbevölkerung enorme Probleme entstanden. Als Nebenfolge des Klimawandels kam es zu heftigen Vulkanausbrüchen und Erdbeben. Durch das Abschmelzen des antarktischen Eispanzers hat sich der Bentleygraben um 2 Meter gehoben. Dies führte zu schweren seismologischen Veränderungen auf der Erde. Auch wurde die Erde direkt angegriffen und dabei eine Marsstation zerstört. Kurz vor diesem Angriff verschwand ein Raumschiff von der Erde spurlos. Es blieben Nachrichten von den zuvor gefundenen Freunden im All aus unerklärlichen Gründen plötzlich aus. Die Weltraumbehörde der Erde sandte daraufhin eine Expedition aus, um die Hintergründe zu klären. Sie fanden das Raumschiff, aber es flog führerlos im All. Es war wiederum durch dieses Wurmloch geflogen. Dieser Singularität konnte man sich wahrscheinlich gar nicht entziehen. Otekah, eine junge Indianerin aus Nordamerika, war an Bord dieses verschollenen Raumschiffes. Eine weitere Erkenntnis war, dass man bei einem Flug durch das Wurmloch nicht nur einen räumlichen Sprung machte, sondern auch einen zeitlichen Sprung. So kam es, dass sie drei Jahrhunderte in der Zukunft landeten. Sie mussten erleben, dass es im Universum viele unterschiedliche Intelligenzen gab. Manche waren friedlich, manche waren nicht friedlich und versklavten andere Völker. Den Angriff auf die Erde konnte man klären und man fand auch die Kommandantin Otekah des verschollenen Raumschiffes. Zu ihrem Unglück wurde ihnen der

Rückflug in ihre Heimat versperrt. Sie hatten zwar ein weiteres Phänomen im Weltall gefunden, ein kaltes schwarzes Loch und ein weißes Loch, welche eine Verbindung hatten. Bei der Reise durch diese Verbindung kamen sie in der Nähe der Erde heraus, waren aber sieben Jahrhunderte in der Zukunft. Zu ihrem Unglück war die Erde nicht mehr das, was sie einst war. Durch die massiven Umweltzerstörungen war die Erde unbewohnbar geworden. Die Menschheit wanderte aus zum Stern HD 20782. Er wurde von der Menschheit auch Stella genannt. Dort soll der Planet Elpis liegen. Nun sind Corinna und Samantha zusammen mit Gabriel, Otekah und ihre Tochter Onatah und der Mandorianerin Saydala auf der Suche der ausgewanderten Menschheit.

1.

„Wir sind da!" rief Samantha den Anderen zu.

„Triebwerke stoppen. Scanne das System!" sprach Corinna.

Samantha tat was ihr geheißen. Sie waren jetzt drei Lichtjahre vom System Stella entfernt. Dieser Stern der Klasse G3V. Er war also der heimischen Sonne sehr ähnlich.

„Der Stern ist umgeben von einem Ring aus tausenden Asteroiden. Es gibt also auch hier so etwas wie den Kuipergürtel oder der Oortschen Wolke. Ich messe fünf Planeten. Darunter drei Gasriesen und zwei Gesteinsplaneten. Der äußerste Planet ist ein kleiner Planet. Er ist etwa so groß wie der Mars. Der Nächste ist ein Gasriese etwa so groß wie Saturn. Der Nächste ist ein Gasriese doppelt so groß wie Jupiter. Der vierte Planet ist ein Gasplanet so groß wie Uranus und der fünfte Planet ist so groß wie die Venus. Die Gasplaneten haben sehr viele unterschiedlich große Monde. Der fünfte Planet hat zwei Monde. Einen großen mit etwa 1000 Kilometer Durchmesser und einen kleinen mit nur 45 Kilometer Durchmesser. Der große Mond hat eine Entfernung zum Planeten von 250.000 Kilometern im Durchschnitt."

„Zeig uns alle Daten auf dem Schirm!" sagte Corinna.

Auf dem großen Monitor erschien ein Modell das Sonnensystem mit den Daten der einzelnen Planeten.

„Gibt es Hinweise auf irgendwelche technischen Aktivitäten?" wollte Corinna wissen.

„Nein. Ich kann nichts feststellen." antwortete
Samantha.

„Gut. Fliegen wir näher ran. Wo beginnt der
Asteroidengürtel?" fragte Corinna.

„Ein Lichtjahr vom Zentralgestirn gibt es die ersten
kleinen Brocken. Es scheint mehrere Ringe zu geben.
Bei durchschnittlichen 60 Astronomischen Einheiten
endet der Gürtel. Vier Astronomische Einheiten nach
dem Asteroidengürtel liegt dann der erste Planet. Er
hat fünftausend Kilometer Durchmesser. Mehr kann
ich jetzt aus dieser Entfernung nicht sagen."
antwortete Samantha.

„Wir fliegen bis zum äußersten Rand des Gürtels."
sprach Corinna.

„Eye, eye!" Samantha startete die Triebwerke.

„Kommt jemand mit in die Kombüse? Ich habe
Hunger!" sprach Corinna. Saydala und Gabriel
meldeten sich.

In der Kombüse waren nur noch Notrationen. Alle
anderen Vorräte waren verbraucht. Die Auswahl war
nicht sehr groß. Corinna nahm sich Kekse und eine
Tasse Kaffee, Gabriel wollte das Gleiche und Saydala
nahm sich nur eine Tasse Pfefferminztee. Sie hatten
die Rationen sich so eingeteilt, dass für jeden drei
Rationen am Tag ausreichend waren. Nun waren sie
fast aufgebraucht. Nur noch für vier Wochen würden
diese Rationen reichen. Kaffee, Tee und
Orangensaftkonzentrat würden noch für sechs
Wochen reichen. Trinkwasser gab es noch für sieben

Wochen. Sie mussten also bald ihre ausgewanderten Brüder und Schwestern finden. Sie hatten zwar immer noch die Möglichkeit im Labor Lebensmittelkonzentrate aus vorhandenen Konzentraten zu züchten, aber darauf wollten sie nicht unbedingt zurückgreifen. Erstens schmeckte es nach gar nichts und zweitens war es nicht sehr nahrhaft. An Bord der Aminata gab es nicht die Möglichkeit durch Cloning bessere Lebensmittel herzustellen. Aber sie waren sehr zuversichtlich, dass sie bald auf Menschen treffen werden.

„Ich bin sehr gespannt auf die Menschen hier." sprach Gabriel.

„Das bin ich auch. Ich hoffe nur, dass sie uns gut aufnehmen." sagte Corinna.

„Warum sollten sie nicht?" fragte Saydala.

„Na, ich hatte bei der Erde nicht gerade den Eindruck, dass die Menschheit gesellschaftlich fortgeschritten war. Diese Raumstation der Regierung sah mehr wie ein Lustschloss aus. Und dann waren es nur Frauen in der Regierung. Gleichberechtigung sieht auch anders aus." meinte Corinna.

„Ich hoffe nur, dass sie mich gut aufnehmen!" sagte etwas bedrückt Saydala.

„Warum sollten sie nicht? Du bist mit mir zusammen. Da kann dir nichts passieren." sagte Gabriel und legte seine Hand auf ihren Arm. Saydala sah ihn an und lächelte.

„Ich lasse euch zwei Turteltäubchen jetzt mal allein.
Ich gehe auf die Brücke. Also bis dann!" Corinna
stand auf und zog sich diskret zurück.

„Mach dir keine Sorgen. Alles wird gut." sprach
Gabriel zu Saydala.

„Corinna hat Recht. Auf der Raumstation bei der Erde
sah es so aus, als hätten die Ratsfrauen dort ein
Lustschiff. Da kamen Erinnerungen wieder auf."
meinte Saydala etwas ängstlich.

„Alles wird gut", wiederholte Gabriel, „ich bin bei dir.
Wir bleiben für immer zusammen. Ich liebe dich."

„Ich liebe dich auch. Von ganzem Herzen. Wir werden
aber nie eine richtige Familie sein können, so wie du
es von der Erde kennst. Ich glaube nicht, dass wir
zusammen ein Kind zeugen können. Die biologischen
Unterschiede werden zu groß sein." Saydala sah
Gabriel aus ihren schönen grünen Augen etwas
traurig an.

„Das macht nichts. Hauptsache wir lieben uns. Ich
kann mir ein Leben ohne dich nicht vorstellen."
sprach Gabriel und sah Saydala an. Dann gab er ihr
einen langen innigen Kuss.

Samantha, Otekah und Onatah saßen auf der Brücke
und überwachten den Flug. Sie flogen für
Warpverhältnisse sehr langsam. Normalerweise
würden sie für die kurze Strecke nur zwanzig Minuten
benötigen. Aber jetzt brauchten sie eine Stunde.

Als Corinna eintrat, waren Otekah und Onatah allein.

Corinna fragte: „Wo ist Samantha?"

„Für kleine Mädchen!" antwortete Otekah.

„Wie sieht es aus?" wollte Corinna nun wissen.

„Alles ist ruhig." war Otekah ihre Antwort.

„In zwanzig Minuten erreichen wir den äußeren Rand des Gürtels." sprach Onatah.

Samantha trat herein und als sie Corinna sah, sprach sie: „Corinna, du bist zurück? Ich bin erstaunt. Das Essen ist hier nicht so nach deinem Geschmack?"

„Nicht wirklich. Aber ich wollte unsere zwei Verliebten mal etwas ungestört lassen." antwortete Corinna.

Als Samantha sich setzte, ertönte plötzlich ein leises Quäken. Samantha setzte sich sogleich an ihr Pult und meldete: „Ich registriere ein metallische Objekt. Für ein Raumschiff ist es zu klein. Es könnte ein Satellit sein."

„Alle Triebwerke stopp. Das schauen wir uns mal an!" rief Corinna.

Alle wurden trotz der künstlichen Schwerkraft etwas in die Sessel gedrückt. Die Kombination aus verschiedenen Supraleitern ermöglicht es, ein künstliches Schwerefeld aufzubauen. Beim abrupten Sprung aus dem Warpantrieb kommt aber dieses Schwerefeld an seine Grenzen. Dieser Stopp des Raumschiffes ist natürlich auch nur relativ. Natürlich bewegt man sich immer noch im interstellaren Raum mit der Bewegung der Sterne in der Milchstraße.

Der Satellit war kugelrund und hatte einen Durchmesser von zwei Metern.

„Merkwürdiger Satellit. Man sieht keine Antennen oder irgendetwas Ähnliches. Absolut nichts. Was sagen unsere Instrumente?" wollte Corinna wissen.

„Absolute Stille. Die Oberfläche des Satelliten besteht aus fast reinem Tantal. Ein solcher Supraleiter schirmt natürlich auch gut ab. Es gibt nur ein paar kleine Stellen, welche aus anderen Materialien bestehen. Könnten physikalische und chemische Detektoren sein." sprach Samantha.

„Zeig uns die Daten auf dem Bildschirm!" sagte Corinna.

Am linken Rand des Monitors erschienen die verschiedenen Daten.

„Nicht sehr viel. Sie müssen eine sehr ergiebige Mine haben. Tantal in einer solchen Größenordnung und in dieser Reinheit ist schon beachtlich. Bei uns im Sonnensystem ist Tantal eines der seltensten Elemente. Alle Achtung." meinte Otekah.

Plötzlich schlug eine der Anzeigen aus. „Was war das?" wollte Corinna wissen.

„Ein Tachyonenstrahl. Es werden Daten übermittelt. Das Ziel ist ein Punkt beim innersten Planeten." sprach Samantha.

„Man hat uns also bemerkt. Na gut. Schauen wir mal was passiert." sagte Corinna.

2.

Auf der Brücke saßen alle und warteten gespannt auf irgendeine Reaktion. Otekah untersuchte inzwischen den Tachyonenstrahl, welcher von dem Satelliten gesendet wurde.

„Ich glaube, ich habe es. Moment..." Otekah schaute noch mal auf ihre Anzeigen, „so, folgendes. Es war eine einfache Meldung. Sie lautet: Fremdes Raumschiff im Sonnensystem. Und dann noch eine Kennung, wahrscheinlich die des Satelliten. So das war's!"

„Gut. Sam, nimm Kurs auf den innersten Planeten. Ein Drittel Lichtgeschwindigkeit." ordnete Corinna an.

„Okay." war Samantha ihre Antwort.

„So. Wir teilen die Schichten ein. Es ist jetzt 12.00 Uhr. Die erste Wache machen Samantha, Otekah und Onatah bis 24.00 Uhr, Sie werden abgelöst von Saydala, Gabriel und von mir. Also jeweils 12 Stunden Dienst mit einer kurzen Übergabe natürlich. Alles klar?" Corinna schaute in die Runde. Niemand hatte etwas einzuwenden. Saydala, Gabriel und Corinna erhoben sich und gingen in ihre Kabinen.

Als Saydala und Gabriel in ihrer Kabine waren, setzten sie sich zusammen auf die kleine Couch an der Seite. Saydala lehnte ihren Kopf an Gabriels Schulter. Dann küssten sie sich. Aus dem Kuss wurde tiefes Verlangen und Leidenschaft.

Langsam setzte sich das Raumschiff in Bewegung. Corinna war ziemlich nachdenklich. Sie wusste, dass alle sehr gespannt waren. Denn schließlich hofften sie endlich wieder Menschen zu treffen. Auch gingen ihre Vorräte langsam zur Neige. Die Reise zum innersten Planeten würde bei der Geschwindigkeit ein paar Wochen dauern. Aber sie mussten auch vorsichtig sein. Sie waren in einem fremden Sonnensystem. Sie wurden zwar von Menschen erwartet, aber sie wussten nicht wie sie empfangen wurden. Die Erfahrungen bei der unbewohnten Erde mit der eigenartigen Raumstation lehrten sie, dass sie vorsichtig sein mussten. Diese Raumstation wurde nur von Ratsmitgliederinnen bewohnt. Männer gab es im Regierungsrat nicht. Und diese Raumstation war wie eine Luststation eingerichtet. Die Ratsfrauen hatten oftmals zur Befriedigung ihrer Gelüste männlichen und weiblichen Besuch. Laut Datenbank dieser Station konnte man diese Besucherinnen und Besucher schon fast als Sklaven bezeichnen. Corinna hoffte, dass dieser Eindruck falsch war. Aber sicher konnte man nicht sein. Corinna überlegte, wie sie sich etwas ablenken konnte. Es gab nicht viele Möglichkeiten auf diesem kleinen Raumschiff, sich zu entspannen und zu erholen. Es gab einen kleinen Fitnessraum und die Datenbank enthielt ein paar Spiele, Theaterstücke und alte Filme. Corinna entschied sich, einen alten Film anzusehen über das Leben im antiken Rom. Er handelte von einem Sklavenaufstand und seinem Anführer Spartacus.

Plötzlich ertönte ein kurzes Signal und es meldete
sich Samantha: „Entschuldige, dass ich dich störe. Wir
haben ein Raumschiff ausgemacht. Es fliegt genau auf
unserem Kurs. Wir treffen es in etwa sieben
Stunden."

„Wissen wir, wie groß das Schiff ist?" fragte Corinna.

„Dazu ist es noch zu weit weg. Es bewegt sich mit
Lichtgeschwindigkeit. Mehr kann ich jetzt nicht
sagen." antwortete Samantha.

„Okay. Ich lege mich jetzt sechs Stunden aufs Ohr.
Verringere unsere Geschwindigkeit auf ein Viertel
Lichtgeschwindigkeit."

„Eye, eye!"

Nach sechs Stunden stand Corinna auf. Als sie
aufgestanden war schaute sie in den Spiegel.

„Corinna, du siehst zerknittert aus. Wirst langsam alt.
Ich werde erst einmal eine Dusche nehmen." sprach
sie zu sich selbst. Sie zog ihren Pyjama aus und ging
unter die Dusche. Die anschließende warme Luft
trocknete ihre Haut. Die Wärme tat ihr gut. In dem
großen Spiegel betrachtete sie sich ausgiebig. Sie war
mit sich so einigermaßen zufrieden. Danach zog sie
ihre Uniform an und ging auf die Brücke.

Sie kam herein und sah auf den großen Bildschirm.
Auf dem Monitor wurden ständig die Daten des sich
nähernden Schiffes gezeigt.

Corinna setzte sich auf ihren Platz. „Wie sieht es
aus?" fragte sie.

„Nichts Neues. Wie du siehst, sind wir jetzt etwa drei
Stunden auseinander. Die Größe des fremden
Schiffes können wir nun bestimmen. Es ist viel größer
als unser Schiff. Etwa einhundert Meter lang und hat
einen Durchmesser von zehn Metern. Es ist
torpedoförmig." sprach Samantha.
Zu Otekah gewandt sprach Corinna: „Otekah, lade
unsere Laserkanonen!"
„Okay!" Die Aminata verfügte über vier bewegliche
Laserkanonen. „Kanonen geladen!", meldete Otekah.
„Erwartest du einen Angriff?" wollte Samantha
wissen.
„Vorsicht ist die Mutter der Porzellankiste. Man kann
nie vorsichtig genug sein." antwortete Corinna.
„Warum sollte sie uns feindlich gesinnt sein!" meinte
Onatah.
„Man kann nie vorsichtig genug sein." wiederholte
daraufhin Corinna. „Wie sieht es mit unserer Energie
aus?" wollte Corinna nun von Samantha wissen.
„Nicht gut. Die Laserkanonen verbrachen ziemlich
viel." war die Antwort.
„Gut. Dann alle Triebwerke stoppen. Position halten.
Wir warten hier auf sie!"
Das Raumschiff Aminata stoppte und hielt die
Position zur Stella.
„Wann wird das Schiff hier sein?" wollte Corinna nun
wissen.
„In etwa vier Stunden!" kam von Samantha die
Antwort.

Es tat sich jetzt drei Stunden gar nichts. Die Zeit tropfte dahin. Samantha, Otekah und Onatah wurden nun auch abgelöst durch Saydala und Gabriel. Das Schiff näherte sich weiter mit Lichtgeschwindigkeit. Gabriel meldete plötzlich eine Veränderung: „Das fremde Schiff reduziert jetzt seine Geschwindigkeit. Es fliegt nun mit ein Drittel Lichtgeschwindigkeit. Es wird jetzt in drei Stunden bei uns sein bei dieser Geschwindigkeit."

„Gut. Ich bin in der Kombüse. Ich muss was essen." sprach Corinna.

Als Corinna in der Kombüse ankam, saß da noch Samantha und nahm ihre Mahlzeit ein. Corinna nahm ihre Notration und setzte sich zu ihr.

„Was hast du gegessen?" fragte Corinna.

„Nur einen Salat und eine Tasse Pfefferminztee." antwortete Samantha.

„Ich habe hier eine Scheibe Weißbrot und ein gekochtes Ei und eine Scheibe Edamer. Naja, nicht sehr aufregend. Ich hole mir noch eine Tasse Kaffee." Nachdem Corinna sich die Tasse Kaffee geholt hatte setzte sie sich wieder. Samantha sah sie an und sprach: „Du siehst müde aus!" stellte sie fest.

„Ich habe sehr unruhig geschlafen. Es geht einem so vieles durch den Kopf." sprach Corinna.

„Hast du Angst, dass man uns schlecht aufnimmt?" wollte Samantha wissen.

„Etwas schon. Was wir auf dieser Station gesehen haben, gibt mir schon sehr zu denken. Ich verstehe nicht, wie es zu einer solchen Entwicklung auf der Erde kommen konnte. Wir hatten doch die Umwelt wieder ganz gut im Griff. Die Überbevölkerung konnte gestoppt werde. Es gab umfangreiche Aufforstungen in Sibirien, in Afrika und am Amazonas. An den Polargebieten nahm die Eisfläche wieder zu. Mit den seismologischen Problemen kamen wir auch zurecht. Wie also konnte es dazu kommen, dass die Erde unbewohnbar wurde? Wir hatten durch das weiße Loch einen Zeitsprung von siebenhundert Jahren gemacht. Und was fanden wir vor? Eine kaputte, verlassene Erde auf der wahrscheinlich eine Art der Sklaverei herrschte. Unvorstellbar, oder?" Corinna konnte es immer noch nicht glauben.

„Mach dich jetzt nicht verrückt. Wir werden es erfahren." Wollte Samantha beruhigen.

Corinna nickte dazu. Plötzlich kamen ihr die Tränen.

„Was ist?" fragte Samantha.

„Fred, ich vermisse Fred." seufze Corinna.

„Ich vermisse John auch. Sehr sogar. Seit wir von unserer Erde fortgeflogen sind, muss ich sehr oft an ihn denken." Auch Samantha kämpfte nun mit den Tränen.

Corinna holte tief Luft und sprach: „Wir werden sie wahrscheinlich nie wieder sehen. Ich glaube nicht, dass wir in unsere Zeit zurückkehren. Ich kann mich aber nicht an diesen Gedanken gewöhnen."

„Ich habe oft das Verlangen nach John seinen
Händen, wie er mich berührt. Ich wache nachts auf
und dachte, dass er mich geküsst hat. Und dann ist
die Enttäuschung umso größer." sprach Samantha.
Corinna nickte mit dem Kopf und sprach: „Das geht
mir genauso. Ich kann mich auch nicht an den
Gedanken gewöhnen, mir vielleicht einen anderen
Partner zu suchen. Ich bin erst siebenundfünfzig.
Auch ich brauche noch Liebe und auch Sex."
„Was soll ich sagen. Ich bin sechsunddreißig! Mir fällt
es auch schwer. Und wenn ich Gabriel und Saydala
sehe, da wird es mir noch mehr bewusst, wie sehr ich
John vermisse." sagte Samantha.
Corinna holte erneut tief Luft und sagte dann: „Auch
wenn's schwer fällt. Wir werden es schaffen.
Vielleicht finden wir doch einen Weg nach Hause?"
Samantha nickte zustimmend: „Ja hoffentlich."
„Die Hoffnung stirbt bekanntlich zuletzt.", Corinna
stand auf, „ich muss wieder auf die Brücke. Na dann,
schlaf gut."
„Ich geh erst noch in den Fitnessraum für eine Stunde
und gehe dann schlafen!" sprach Samantha.
Corinna nickte ihr kurz zu und ging auf die Brücke.
Dort angekommen sagte sie zu Saydala und Gabriel:
„So ihr zwei Hübschen. Ihr könnt auch erst einmal
was essen gehen."
Gabriel und Saydala gingen in die Kombüse. Während
die beiden frühstückten, ging Corinna noch einmal
alle Daten durch, welche sie von dem fremden Schiff

hatten. Sie bemerkte, dass das Schiff jetzt wieder die Geschwindigkeit drosselte. ` Was haben die vor? ´ fragte sich Corinna. Bis zum Rendezvous sind es jetzt noch ungefähr vier Stunden.

3.

Der Planet Elpis ist fast so groß wie die Erde. Für eine Umrundung der Stella, des Zentralgestirns dieses Systems, braucht der Planet zweihundertsechsundvierzig Tage. Er war ziemlich erdähnlich. Er hatte die gleichen Klimazonen. Die vier Kontinente waren wie große Inseln durch Ozeane voneinander getrennt. Die Neigung der Achse des Planeten betrug siebundzwanzig Prozent. Ein Tag dauerte einundzwanzig Stunden.

Im Regierungsgebäude in der Hauptstadt New Earth des Zentralkontinents war der Regierungsrat zusammengekommen. Es waren neun Frauen. Sie übten die Regierungsgeschäfte auf Elpis aus. Jede war zuständig für einen Bezirk auf Elpis. Die Vorsitzende des Rates wurde für zwei Jahre aus den Reihen der Ratsfrauen gewählt. Das Regierungsgebäude war nicht sehr groß. Es war rund, hatte einen Hauptraum mit neun bequemen Sesseln, welche in einem Kreis standen. In der Mitte des Kreises stand ein Tisch von etwa drei Metern Durchmesser. Weiter waren in dem Gebäude ein Aufenthaltsraum mit neun Plätzen zum

Entspannen, eine Sauna, eine Toilette und neun Schlafgemächer. Dort übernachteten die Ratsfrauen wenn größere Zusammenkünfte notwendig waren. Heute war so ein Tag. Alle Ratsfrauen waren zu einer Dringlichkeitssitzung zusammen gerufen worden.

„My Ladies, guten Morgen", sprach die Vorsitzende Lydia Peroni. „Etwas Außergewöhnliches, vielleicht sogar Bedrohliches ist passiert. Ein fremdes Raumschiff ist in unser System eingedrungen!"

Die anderen Ratsfrauen sahen sich erstaunt an. Einige waren unruhig und nervös.

„Was ist das für ein Raumschiff?", wollte Soraya Schiras wissen.

„Wir wissen es nicht genau." antwortete Peroni.

„Welchen Kurs hält dieses Schiff?" fragte Selina Scott.

„Bis jetzt gezielt zu uns." war die Antwort.

„Zerstören, wir sollten es einfach zerstören!" sprach Julia Garcia.

„Das ist wieder typisch!" erwiderte Laura Rossi. Sie war mit 24 Jahren die jüngste Ratsfrau.

„Was wollen Sie damit sagen?" fragte Julia Garcia etwas unbeherrscht.

„Sie denken doch nur an Ihr Vergnügen. Immer wenn es ernst wird, kneifen Sie. Ihnen sind andere Dinge wichtiger. Wartet wieder eine junge Sklavin in Ihrem Gemach?" Laura Rossi sah Julia Garcia herausfordernd an.

„Und Sie? Sie wollen sich wieder einmal nur wichtig tun. Sie sind erst seit einem Jahr Ratsfrau. Ihre

Mutter hat diesen Posten für Sie gekauft. Ich bleibe dabei, dass wir dieses fremde Schiff einfach zerstören sollten. Dann kann es keinen Ärger mehr machen!" sprach Julia Garcia.

„Nein, wir sollten die Fremden, wenn es welche gibt, gefangen nehmen und versklaven und nicht einfach töten." sprach Laura Rossi.

„Meine Damen, meine Damen, beruhigen Sie sich! Es bringt nichts, wenn wir hier uns streiten. Wir müssen einen Konsens finden. Also, gibt es noch weitere Vorschläge?" rief die Vorsitzende Peroni und schaute in die Runde.

„Wir sollten ein Schiff entsenden. Vor Ort werden wir dann entscheiden, was wir mit den Fremden machen. Wenn es überhaupt bemannt ist!" meinte Luna Korhonen.

„Ich stimme dem zu. Untersuchen wir das Schiff und dann sehen wir weiter. Wenn es bemannt ist, können wir die Crew festnehmen, verhören und dann versklaven oder wir töten sie einfach." sprach Diana Taylor.

„Wir sollten sie nicht am Leben lassen. Wer ein Raumschiff besitzt, ist nicht so dumm wie die Einheimischen hier! Und denken Sie auch an die Resistenza!" sagte Verena Smirnow.

„Resistenza? Was haben die damit zu tun? Unsinn! Wir sollten sie gefangennehmen und versklaven. Wir brauchen auch immer Ingenieure und geschickte

Handwerker. Nicht alles können diese einfältigen Eingeborenen machen." sprach Rubina Fernandez.

Lydia Peroni schaute noch einmal in die Runde, nachdem alle Ratsfrauen ihre Meinung kundgetan haben. Dann sprach sie: „Gut. Also, es kristallisieren sich zwei Hauptmeinungen bei Ihnen heraus. Entweder wir zerstören das Schiff oder wir erkunden es und entscheiden vor Ort! Stimmen wir also ab. Wer ist für sofortige Zerstörung?", nur Julia Garcia hob die Hand.

„Wer ist für Erkunden?" Die anderen Ratsfrauen hoben nun ihre Hände.

„Meine Damen, das Ergebnis ist eindeutig. Ich fasse zusammen. Wir entsenden ein Raumschiff, um das fremde Schiff zu erkunden. Vor Ort und nur mit unserer Absprache entscheiden wir, was mit den Fremden passiert. Jemand von uns sollte im Offiziersrang des Tenente unser Schiff führen." Lydia Peroni schaute jede Ratsfrau einzeln an. Die meisten hatten keine Lust auf irgendwelche Einsätze. Sie hatten meistens private Interessen. Sie gingen lieber ihren Vergnügungen nach. Alle hatten ein paar sehr junge Sklavinnen und Sklaven. Nur Laura Rossi, Luna Korhonen und Soraya Schiras bildeten eine Ausnahme. Sie beschäftigten sich auch mit Wissenschaften. So war es logisch, dass alle Drei sich meldeten.

Lydia Peroni sah die drei Frauen an und sprach: „Soraya, Sie haben die meiste Erfahrung. Stellen Sie eine Crew zusammen. Bewaffnen Sie das Schiff! Luna, Sie begleiten sie!"

Die Ratsfrauen erhoben sich und gingen grußlos auseinander. Man merkte Ihnen an, dass sie sich gegeneinander misstrauten. Sie einte nur das Ziel, an der Macht zu bleiben. Dafür setzen sie alles ein.

Als die Menschen hier eintrafen, existierten auf dem Planeten Elpis Angehörige einer einheimischen Spezies. Sie waren noch nicht auf dem hohen technischen Stand wie die Menschheit. Diese Einheimischen lebten etwa wie die Menschheit zum Ende der Jungsteinzeit, zu Beginn der Bronzezeit. Vergleichbar waren die Gesellschaften der Antike. Sie huldigten verschiedenen Göttern. Ihre Herrscher waren Fürsten. Die Auswanderer von der Erde hatten ein leichtes Spiel, diese vergleichsweise primitiven Einwohner zu unterwerfen und zu versklaven. Diese Einheimischen nannten ihren Planeten Befar und sich selbst die Befari. Sie waren etwas kleiner als die Menschen. Ihre Haut war haarlos und glänzte leicht kupferfarben. Der Körperbau war ähnlich dem des Menschen. Zwei Beine, zwei Arme, die Hände waren in der Regel etwas größer als die menschlichen Hände und hatten sechs Finger. Sie hatten große Füße mit sechs Zehen. Der Kopf war etwa so groß wie der menschliche Kopf. Sie hatten zwei kleinere Hörmuscheln an den Seiten, eine schmale Nase mit nur einem Nasenloch. Ihr Mund war etwas kleiner als der Mund vom Menschen und hatte in der Regel vollere hellbraune Lippen. Die Befari hatten im Mund zwei Zahnreihen wie die Menschen und eine etwas längere Zunge. Sie konnten also eine ähnliche Nahrung zu sich nehmen. Allerdings war die Nahrung deutlich schärfer und salzhaltiger. Die Augen waren größer als die menschlichen Augen. Die Iris war hellbraun, die Sklera schimmerte himmelblau und die Pupillen waren tiefschwarz. Die Augenlider waren umrahmt von langen schwarzen Wimpern. Die Fortpflanzung war ähnlich der des Menschen. Es gab ebenso zwei Geschlechter. Allerdings war die Fortpflanzungsrate geringer. Die Befarifrau gebar alle zwei Jahre ein Kind. Bei der Ankunft der Menschen lebten auf Befar zehn Millionen Befari. Sie dienten fortan

den Menschen zum größten Teil als Sklaven. Dem Menschen gegenüber mussten sie ihren Planeten Elpis nennen. Wer in der Öffentlichkeit den Planeten Befar nannte wurde hart bestraft. Nur wenige Befari durften einen gehobenen Dienst versehen, etwa als Buchhalter oder niedere Offiziere im Sicherheitsbereich.

Mit der Ankunft eines fremden Raumschiffes in ihrem System befürchteten viele Menschen, dass es eine Gefahr für ihre Sklavenhalterordnung sein könnte. Sie wollten keine ungebetenen Gäste. Sie schickten nun ein Erkundungsraumschiff den Fremden entgegen. Die Kommandantin war die Ratsfrau Soraya Schiras. Das schwer bewaffnete Schiff flog mit

Lichtgeschwindigkeit den Fremden entgegen. In ein paar Tagen würde es ein Rendezvous geben.

4.

Totenstille herrschte auf der Brücke der Aminata. Man spürte wie angespannt alle waren. Onatah regelte gerade an der Kommunikation verschiedene Frequenzen.

Samantha meldete: „Ich habe ein zweites Raumschiff entdeckt. Es hält den Kurs direkt auf uns. Es ist ein kleineres Schiff. Es wird in etwa drei Stunden hier sein."

„Das gefällt mir alles nicht! Wo kommt dieses zweite Raumschiff her?" wollte Corinna wissen.

„Da dieses Schiff sehr klein ist, kann ich es nicht mit Bestimmtheit sagen. Wenn der Kurs beibehalten wurde, kam es aus der unmittelbaren Nähe von Elpis! Die Geschwindigkeit liegt bei neunzig Prozent Lichtgeschwindigkeit." antwortete Samantha.

„Otekah, sind unsere Laserkanonen noch geladen?" fragte Corinna. Otekah nickte.

„Okay, dann das Gravitationsschild auf halbe Kraft!" befahl Corinna.

„Eye, eye Käpt'n!" sagte Otekah und tat wie ihr geheißen.

Alle warteten nun gespannt auf das erste Raumschiff. Es näherte sich immer langsamer und stoppte in zwei

Kilometer Entfernung. Es war etwa zwanzig Meter lang und hatte die Form einer Zigarre. Man sah keine Unebenheiten. Es war ziemlich makellos glatt. Man konnte noch nicht einmal erkennen, was hinten war und was vorne war. Fenster oder ähnliches hatte es auch nicht.

„Ruf es!" sagte Corinna zu Onatah. Der Ruf war ein einfaches 'Hallo' als Morsecode.

 Als keine Antwort kam, meinte Onatah: „Sie werden uns nicht verstehen!"

„Das glaube ich nicht. Das sind ausgewanderte Menschen von der Erde. Jeder hochentwickelte Computer kann das encodieren. Wiederhole es noch einmal" sprach Corinna.

Dann kam eine Nachricht. Es war ein Bild. Es zeigte den zweiten großen Gasplaneten und seine Monde. Auf dem Bild war ein Pfeil. Dieser zeigte genau auf einen Mond des Gasplaneten. Der Pfeil leuchtete in Intervallen mal rot und mal gelb.

„Was soll das? Warum leuchtet der Pfeil so? Wollen sie uns sagen, dass sie von dort kommen?" meinte Gabriel.

„Ich glaube, dass sie uns damit sagen wollen, wir sollten dorthin fliegen! Ziemlich primitiv zwar, aber eindeutig." sprach Corinna.

„Aus der Kursberechnung war deutlich zu erkennen, dass sie nicht von dort kommen. Es wäre dumm von ihnen zu glauben, dass wir dies nicht wüssten." sagte Otekah.

„Onatah, sende ihnen das Bild zurück!" sagte
Corinna.

Als Antwort kam wieder das Bild. Dann setzte sich das
Raumschiff langsam in Bewegung in Richtung dieses
Monds.

„Sam, wir folgen ihnen!" sprach Corinna.

Die Aminata folgte dem Raumschiff. Nach ein paar
Sekunden beschleunigte das Raumschiff bis auf
Lichtgeschwindigkeit. Samantha beschleunigte die
Aminata ebenso. Nach zehn Minuten kamen beide
Schiffe bei dem Gasriesen an und schwenkten in eine
Umlaufbahn des Monds. Dieser Mond war größer
als der Erdenmond. Sein Durchmesser betrug fast
viertausend Kilometer im Durchmesser. Er hatte eine
dichte Atmosphäre. Diese war ähnlich der des Monds
Titan vom Saturn. Es gab also keinen freien
Sauerstoff.

Das fremde Raumschiff meldete sich wieder mit
einem Bild. Es zeigte einen Punkt auf der Oberfläche
des Monds und wieder einen Pfeil, welche genau auf
diesen Punkt zeigte.

„Man fordert uns auf, zu landen!" meinte Samantha.

„Sehe ich genauso!" meinte Otekah.

„Warum an so einem abgelegenen Ort? Warum
fliegen wir nicht direkt zu Elpis? Ziemlich merkwürdig.
Oder?" Corinna schaute in die Gesichter der Anderen.

„Sie werden uns ein bisschen misstrauen!" meinte
Otekah.

Die Fremden sendeten das Bild mit dem Landeplatz ein zweites Mal. „Sam, bestätige denen, dass wir kommen!" Samantha sendete den Fremden das Bild noch einmal.

„Okay! Sam, mach bitte das Landeschiff fertig. Du und Gabriel werdet landen. Nehmt kleine Handlaser mit. Man kann nie wissen, was passiert!" befahl Corinna. Während Samantha die Landefähre fertig machte, scannte Otekah die Umgebung des Landepunktes. Es war nichts Auffälliges zu sehen. Zehn Minuten später startete das Landeschiff mit Kurs zu dem Punkt auf dem Mond. Der Flug dorthin dauerte nur wenige Minuten. Von dem fremden Schiff wurde ebenso ein kleines Schiff auf die Oberfläche des Monds gesandt. Man traf sich genau am ausgemachten Landepunkt. Beide Schiffe setzten in einem Abstand von einhundert Metern auf. Zunächst passiert erst einmal gar nichts. Nach zehn Minuten öffnete sich bei dem fremden Schiff eine Luke und zwei Personen stiegen aus und liefen in Richtung der Aminata-Landefähre. Etwa zwanzig Meter vor dem Schiff blieben sie stehen. Samantha und Gabriel stiegen ebenfalls aus und gingen auf die Fremden zu. Sie hatten inzwischen die Raumanzüge angezogen. Die beiden Fremden erhoben die rechte Hand zum Gruß. Samantha und Gabriel taten das Gleiche. In dem Moment, als beide die rechte Hand erhoben hatten, erschien plötzlich einen Schimmern um sie herum. Es war wie eine Luftspiegelung. Samantha streckte die Hand aus. Dabei spürte sie deutlich eine unsichtbare Mauer. Gabriel tat es ihr nach. Die unsichtbare Mauer hatte sie ganz umhüllt.

„Was ist los?" fragte Gabriel.

„Wie es aussieht, hat man uns gefangen. Ich schlage vor, dass wir zunächst nichts unternehmen!" sprach Samantha.

Plötzlich wurden Samantha und Gabriel wie von Geisterhand angehoben und zu dem fremden Schiff geleitet.

„Halt! Was soll das? Was wollt ihr von uns?" schrie Samantha. „Könnt ihr uns verstehen?" Die Antwort war Schweigen. Kurz vor dem Schiff tat sich eine zweite etwas größere Luke auf. Der Innenraum war hell erleuchtet. Dort wurden Samantha und Gabriel durch eine unsichtbare Gravitationskraft angehoben und hineingeleitet. Drinnen angekommen, schloss sich die Luke. Das Schimmern um sie herum blieb aber. Eine Tür öffnete sich und zwei Personen, ein menschlicher Mann und eine Frau einer fremden Spezies, traten herein. Der Mann sprach in fließendem Englisch: „Ihr könnt die Helme abnehmen. Ich bin Tenente Raffael Gomez. Das ist meine Kameradin Selina vom Rat der Befari. Ihr seid hier auf dem Mond Chalkos des Planeten Tria. Betrachtet Euch als Gefangene der Resistenza!"

„Verhaltet euch ruhig. Dann geschieht euch nichts!" sprach die Frau in etwas gebrochenen englisch.

„Ihr habt kein Recht, uns gefangen zunehmen. Wir sind als Gäste gekommen!" sprach Samantha.

Raffael wandte sich an Gabriel: „Bist du ihr Sklave?"
er zeigte mit der Hand auf Samantha.

„Was soll die blöde Frage? Nein, natürlich nicht!"
antwortete Gabriel.

„Ich glaube, ich muss hier mal was aufklären. Ich..."
bevor Samantha weiterreden konnte, bekam sie eine
Ohrfeige und Raffael herrschte sie an: „Halts Maul!
Hier bist du keine Herrscherin!"

Selina sprach: „Wir schaffen euch nun zu unseren
Anführern in die Zentrale. Dort wird entschieden, was
mit euch passiert!"

Während der Gefangennahme ist das kleine
Raumschiff für Samantha und Gabriel weiter geflogen
an einem anderen Ort auf dem Mond. Nun öffnete
sich erneut die Außenluke und sie glitten schwebend
geleitet durch einer unsichtbaren Kraft nach draußen.
Sie wurden sanft auf den Boden abgesetzt und
standen nun in einer großen Halle. Dort warteten
zwei Männer und eine Befarifrau. Das Schimmern um
Samantha und Gabriel verschwand.

Die Frau trat vor und sprach: „Ich bin Capitano Loni!
Folgt mir!" Sie wurden in einen kleinen Raum
gebracht. Dort standen ein Tisch und ein paar Stühle.
Sie mussten sich setzen. Nach kurzer Zeit ging die Tür
auf und eine menschliche Frau trat ein. Sie setzte sich
vor Samantha und Gabriel und sprach: „Ich bin
Colonello Lynn O`Connor. Ich rate euch, die Wahrheit
zu sagen. Sollte ich das Gefühl haben, dass ihr lügt, so
habe ich die Mittel und die Möglichkeit, die Wahrheit
zu erfahren. Aber dies mache ich nur ungern."

„Ich protestiere. Wir sind hier als Gäste gekommen." sprach entrüstet Samantha.

Colonello O'Connor: „Gäste? Menschenfrauen kommen nie als Gäste! Eure Uniformen habe ich noch nie gesehen. Was wolltet ihr hier draußen am Rand unseres Systems?"

Samantha sagte: „Wir kommen von der Erde und wollten zum Planeten Elpis, um uns mit den Menschen dort zu treffen."

O'Connor rief: „Ihr lügt. Von der Erde kommt niemand mehr. Gebt es zu, ihr wolltet Möglichkeiten auskundschaften, um uns zu vernichten!"

Samantha schüttelte den Kopf: „Nein, wir kennen euch doch gar nicht. Wir kommen wirklich von der Erde!"

Gabriel meinte dazu: „Wir waren noch nie in eurem System!"

O'Connor sprach an Gabriel gewandt: „Menschenmann, du kannst hier frei reden. Du kannst als freier Mann bei uns bleiben. Hier gibt es keine Sklaven!"

Gabriel war außer sich: „Was soll das, ich bin ein freier Mann!"

Colonello O'Connor und Capitano Loni schauten sich ungläubig an. An Gabriel gewandt sprach Colonello O'Connor: „Freie Männer gibt es bei den Menschen nicht. Du lügst. Aber du brauchst hier wirklich keine Angst zu haben. Hier ist es nicht wie auf Elpis! Bei uns sind alle Männer frei!"

Gabriel wehrte ab: „Hier liegt ein Missverständnis vor. Wir kommen nicht vom Planeten Elpis. Wir sind Menschen von der Erde. Wir sind erst vor ein paar Stunden hier eingetroffen!"

O'Connor sprach: „Wir nennen den Planeten Befari. Elpis wird er von der Besatzungsmacht genannt. Warum seit ihr wirklich hier?"

Samantha meinte nur: „Das ist eine lange Geschichte!"

O'Connor lächelte und sprach: „Wir haben Zeit. Ich bin gespannt, was für ein Märchen ihr uns erzählen wollt!"

Samantha sprach: „Wenn ihr schon so anfangt, brauche ich gar nichts zu sagen. Ihr würdet mir sowieso kein Wort glauben."

Loni wurde laut: „Redet! Weshalb seid ihr wirklich hier? Welchen Auftrag habt ihr?"

Samantha holte tief Luft und sprach: „Na gut. Wir sind Menschen von der Erde. Aber wir kommen aus einer anderen Zeit. Wir sind durch das All geirrt auf der Suche nach einer Kameradin. Dabei sind wir in ein kaltes schwarzes Loch geraten und dadurch aus einem weißen Loch in eure Zeit katapultiert worden. Wir sind zu unserem Heimatplaneten Erde geflogen. Dort stellten wir fest, dass inzwischen siebenhundert Jahre vergangen sind und die Menschheit ausgewandert ist. Wir erfuhren dort, wohin die Menschheit auswanderte. Unsere Vorräte gingen zur Neige. Wir entschlossen uns daher, hinterher zu fliegen. Ihr kontaktiertet uns und wir flogen hier zu diesem Mond. Das ist alles!"

O'Connor und Loni sahen sich ungläubig an.

„Was soll dieser Unsinn!" fuhr Loni Samantha an.

„Gut, wie ihr wollt. Wir haben die Mittel, euch zum Reden zu bringen." meinte auch O'Connor.

„Wir sagen die Wahrheit! Untersucht unser Schiff! Ihr werdet sehen, dass es sehr alt ist. Es kann nicht aus eurer Zeit stammen." rief Samantha.

Raffael und Selina traten ein. Colonello O'Connor sprach: „Schafft die beiden in eine Zelle."

Samantha und Gabriel wurden abgeführt.

Capitano Loni meinte zur Colonello O'Connor: „Die lügen doch. Eine so verrückte Geschichte habe ich überhaupt noch nicht gehört. Wollen die uns für dumm verkaufen?"

O'Connor wischte sich mit der Hand über die Stirn und sagte: „Verrückt ist die Geschichte schon, aber wer würde sich so etwas ausdecken?"

Loni war sich sicher: „Die lügen. Elpis-Menschen lügen immer!"

O'Connor meinte: „Ich bin eigentlich auch ein Elpis-Mensch. Und sind die wirklich Elpianer? Sie hat eine so dunkle Haut, fast schwarz. Das habe ich auf Elpis nie gesehen. Ich weiß allerdings von alten Chroniken, dass es früher auf der Erde viele dunkelhäutige Menschen gab. Diese gehörten zu den untersten Schichten der Gesellschaft und waren fast alle

Sklaven. Dass die Frau so anders ist, macht sie mir sympathischer."

Loni meinte: „Du bist anders. Du hast dich der Befreiungsbewegung angeschlossen. Bist eine unserer Führerrinnen."

Zwei Männer traten ein, ein Mensch und ein Befarimann.

O'Connor fragte: „Nun Marl, was habt ihr herausgefunden?"

Der Befarimann antwortete: „Das Schiff stammt eindeutig von der Erde. Die Isotopenanalyse hat dies gezeigt. Es ist außerdem sehr alt. Über siebenhundert irdische Jahre. Die Antriebsaggregate zeigen Rückstände von Neutrinos und Tachyonen an. Sie müssen außerdem mit einer erheblichen Menge von Gravitonen in Berührung gekommen sein. Hier ist der ausführliche Bericht der Scanner. Ihr aufgezeichneter Kurs zeigte, dass sie nicht von Befari kamen." Der Befarimann reichte O'Connor ein rahmenloses Stück Glas. Darauf leuchteten verschiedene Zahlen, die Ergebnisse der Analyse. Der Colonello nahm das etwa zwanzig Zentimeter große Glas und hielt es vor sich. Das Glas war transparent. Nur die Zahlen leuchteten grün. Sie ließ das Glaspad los. Es schwebte nun wie von unsichtbarer Hand gehalten direkt vor ihren Augen.

„Danke Marl. Ihr könnt gehen!" sprach O'Connor. Der Colonello wandte sich an Capitano Loni: „Die Zwei scheinen die Wahrheit zu sagen!"

„Ich bin mir nicht so sicher. Der Rat von Elpis trickst vielleicht nur. Daten eines Schiffes kann man manipulieren. Wir sollten sie einem Lügentest unterziehen.“ meinte Loni.

„Das kann aber für sie tödlich enden.“ sagte O'Connor.

„Dann ist es Pech für sie. Kollateralschaden! Sie werden die Barbiturate schon überstehen. Wir werden nicht die größte Dosis nehmen.“ Loni schaute O'Connor an.

Colonello O'Connor überlegte kurz und sprach dann: „Gut. Machen wir es so. Nehmt als erstes die Frau!“ Samantha wurde von drei Befarimännern aus der Zelle geholt und in einen kleinen Raum gebracht. Dort wurde sie auf eine Liege gelegt und angeschnallt. Sie versuchte sich zu wehren. Die Männer waren allerdings zu stark. Ihr wurde ein Wahrheitsserum gespritzt. Die Resistenza benutzten dieses Serum immer zur Befragung von Gefangenen. Allerdings schauten sie sich diese Methode von den Menschen ab. Auch wurde das Blut untersucht. Zwei Stunden dauerte die Prozedur. Samantha wurde zurück in ihre Zelle gebracht. Sie war von den Drogen noch sehr benommen. Sie kauerte sich auf die Liege, welche in der Ecke stand. Wie lange sie da lag, konnte sie nicht sagen. Irgendwann schlief sie ein. In der Zwischenzeit wurde Gabriel unter Drogen gesetzt und befragt. Ihm ging es nach der Behandlung ähnlich. Nach mehreren Stunden wurden sie schließlich wieder zur Befragung abgeführt.

5.

Während auf der Oberfläche des Monds Samantha und Gabriel verhört wurden, waren die Anderen im Raumschiff schon ganz unruhig.

Corinna sprach: „Sie sind gelandet. Warum also melden sie sich nicht? Irgendetwas stimmt da nicht!"

Saydala war sehr unruhig. Sie machte sich Sorgen um Gabriel. Sie sah Corinna an und sagte: „Vielleicht sollten wir mit dem Raumschiff landen. Vielleicht ist irgendetwas am Landeschiff defekt!"

„Das glaube ich nicht. Die automatische Rückkopplung hat eine gute Landung gemeldet."

Corinna sah zu Otekah und sprach: „Ruf sie!"

Otekah meinte: „Ich habe sie schon zweimal gerufen! Nichts!"

Corinna überlegte kurz und sprach dann: „Dann ruf sie eben ein drittes mal!"

Otekah wollte gerade den Ruf absetzen, da kam ein Ruf von der Oberfläche. Otekah schaltete auf Lautsprecher. Der war aber nicht von Samantha oder Gabriel, sondern eine fremde weibliche Stimme meldete sich: „Hier ist Capitano Loni der Resistenza. Wer sind Sie und was wollen Sie hier?"

Corinna sah die Anderen an und sprach laut: „Ich bin Kapitän Corinna Mumba von der Erde! Ein Landeschiff von uns ist mit zwei Besatzungsmitglieder auf dem Mond gelandet!"

„Wir haben diese zwei Besatzungsmitglieder
gefangen genommen. Verhalten Sie sich ruhig und es
geschieht ihnen nichts!" rief Capitano Loni.
Onatah rief plötzlich: „Da kommen zwei Raumschiffe
von der anderen Seite des Monds. direkt auf uns zu.
Entfernung fünftausend Kilometer!"
„Was macht das Schiff von Elpis?" fragte Corinna.
„Es hat gestoppt." antwortete Onatah.
Capitano Loni meldete sich noch einmal: „Zwei
unserer Schiffe, welche schwer bewaffnet sind, sind
zu eurer Bewachung auf den Weg zu Euch! Verhaltet
Euch ruhig. Die Schiffe sind euch überlegen. Ihr hättet
keine Chance. Wir melden uns wieder!"
Die vier Frauen im Schiff sahen sich erschrocken an.
„Magnetschutzschirm an!" befahl Corinna.
„Okay, was sollen wir jetzt tun?" fragte Onatah.
„Erst einmal nichts. Ihr habt es gehört." sprach ruhig
Corinna.
„Wir müssen doch irgendetwas tun! Wir können doch
hier nicht tatenlos zuschauen!" rief sehr aufgeregt
Saydala.
„Nein. Wir machen gar nichts. Ansonsten würden wir
sie vielleicht gefährden. Wir müssen
herausbekommen, wer die sind, diese Resistenza."
antwortete Corinna.
Otekah sagte: „Ich habe hier etwas. Ich habe in
unserer Datenbank nachgeschaut. Mir kam der Name
Resistenza bekannt vor. Auf der Erde gab es im

zwanzigsten Jahrhundert eine Widerstandsorganisation, welche sich so nannte."

„Das ist schon ein merkwürdiges Gleichnis!" meinte Corinna.

„Was für eine Widerstandsbewegung?" wollte Onatah wissen.

Otekah erklärte: „Ach ja, du und Saydala könnt es nicht wissen! Im zwanzigsten Jahrhundert tobten auf der Erde zwei grausame weltumspannende Kriege mit ungeheuerlichen Verlusten. Im zweiten Weltkrieg waren drei Diktatoren dabei, sich gewaltsam an die Weltmacht zu bringen. In mehreren Gebieten gab es bewaffneten Widerstand gegen diese Diktatoren. Eine dieser Widerstandsbewegungen nannte sich Resistenza. Diese kämpfte in Italien."

„Das war vor siebenhundert Jahren!" sprach Onatah.

„Wahrscheinlich haben die hier sich nur einen adäquaten Namen für ihr Handeln gesucht. Aber es ist sehr beunruhigend." meinte Corinna.

„Gegen wen widersetzen die sich?" fragte etwas nervös Saydala. Sie hatte große Angst um Gabriel.

Corinna sprach: „Wir können hier nur spekulieren. Das bringt nichts. Wir müssen uns vertraut machen mit der Geschichte. Hier gibt es offensichtlich auch solche Auseinandersetzungen. Als wir hierher kamen, ahnten wir, dass es Probleme geben könnte. Auf den irdischen Stationen gab es Anzeichen dafür. Es gab Anzeichen sogar für Sklaverei. Also, jede von uns beschäftigt sich jetzt mit den Kriegen des zwanzigsten

Jahrhunderts und mit dem Römischen Reich in der Antike. Das war nämlich ein Sklavenhalterstaat. Aber vorher wird etwas gegessen. Otekah und Onatah gehen als erste in die Kombüse, danach Saydala und ich."

In der Kombüse saßen Corinna und Saydala sich am Tisch gegenüber. Saydala stocherte nervös in ihrem Essen. Ihre Hände zitterten merklich. Sie hatte panische Angst. Corinna legte ihr die Hand auf den Arm und sprach: „Ich verstehe, dass du Angst hast. Wir holen sie da raus. Du bekommst deinen Gabriel wieder. Versprochen!"

Saydala nickte nur. Saydala war Mandorianerin. Diese Spezies weinte nicht wie Menschen. Sonst hätte es jetzt bestimmt Tränen gegeben. Das hieß nicht, dass sie keine Emotionen hatten. Dabei glichen sie dem Menschen sehr. Saydala holte tief Luft und lächelte. Corinna machte ihr noch einmal Mut: „Kopf hoch! Alles wird gut!"

Die beiden Frauen standen auf und gingen zurück auf die Brücke. Jetzt gingen Otekah und Onatah etwas essen.

Otekah sah Onatah nachdenklich an. Dann schüttelte sie den Kopf. Onatah fragte: „Was ist? Warum schüttelst du den Kopf?"

Otekah antwortete: „Es ist doch eigenartig. Wir beiden sind einem despotischen Herrscher entflohen und nun kommen wir zu den Menschen, also quasi wieder nach Hause, und was erwartet uns hier? Wahrscheinlich ein System, in welchem auch

Unterdrückung und Gewalt herrscht. Kann es nicht irgendwo im Universum Ruhe und Frieden geben? Von unseren Freunden aus dem Kalpanosystem haben wir auch nichts mehr gehört."

„Das kenne ich nicht!" sagte Onatah.

„Das kannst du nicht wissen. Kalpano ist ein System, welches mit uns freundschaftlich verbunden ist. Wir hatten über das Wurmloch bei uns Kontakt. Lesharo hat dieses Wurmloch nun zerstört. Sprich mit Samantha und Corinna. Sie hatten bei einem ihrer Abenteuer den ersten Kontakt hergestellt. In der Nähe von Kalpano gibt es auch einen Planeten auf dem Menschen leben. Es sind Nachkommen der San aus dem südlichen Afrika. Die gibt es ja nun auch nicht mehr. Die Erde ist kaputt."

6.

Samantha und Gabriel saßen allein in einem kleinen fensterlosen Raum. Nur eine kleine Lampe erhellte diesen. Hinter ihnen standen zwei Männer zur Bewachung. Gabriel stand nervös auf und sprach einen der Bewacher an: „Wie lange sollen wir hier warten?"

Der andere Wachmann holte mit der flachen Hand aus und gab Gabriel eine schallende Ohrfeige. Gabriel wollte schon ausholen. Da hielt Samantha ihn zurück: „Nicht Gabriel. Das ist sinnlos. Setzt dich wieder hin.

Unsere Situation wird dadurch nur noch schlimmer!"
Gabriel setzte sich widerwillig hin und hielt sich die
Wange. Der Schlag tat merklich weh. Nach ein paar
Minuten ging die Tür auf und Capitano Loni und
Colonello O'Connor traten ein. Colonello O'Connor
setzte sich. Sie sah Samantha und Gabriel
nachdenklich an. Dann sah sie noch einmal auf ein
Glaspad.

„Was machen wir nun mit Ihnen?" sprach sie.
„Offensichtlich haben Sie die Wahrheit gesagt. Wir
haben die Datenbank eures Schiffes noch einmal
genau durchsucht. Auch die Befragung ergab nichts
anderes. Ihr habt eine ziemlich abenteuerliche
Geschichte. Was habt ihr erwartet? Ihr habt dort bei
der Erde erfahren, dass ein verbrecherisches System
die Erde hunderte Jahre lang kaputt gemacht hat. Es
herrschte ein System der Gewalt und Zerstörung. Ihr
kommt nun hierher. Dachtet ihr, dass sich da etwas
verbessert hat?"

„Wir haben kaum noch Vorräte! Wo sollten wir denn
sonst hin?" sprach Samantha.

„Es gibt jetzt nur zwei Möglichkeiten. Entweder ihr
schließt euch uns an, oder wir müssen euch
liquidieren. Ihr habt viel zu viel gesehen. Unsere
Feinde dürfen keine Informationen über uns
erhalten." meinte der Colonello.

„Können wir Kontakt zu unserem Schiff bekommen?"
wollte Gabriel wissen.

„Wir haben euer Schiff unter Kontrolle. Zwei unserer
kleinen Schlachtschiffe haben es gestellt. Sie können

nicht entkommen. Ihr könnt euch beraten." Colonello O'Connor winkte den beiden Bewachern: „Bringt die Gefangenen in ihre Zellen!"

Nachdem Samantha und Gabriel wieder in ihren Zellen waren, blieben Loni und O'Connor noch im Raum.

„Was machen wir nun mit Ihnen?" wollte Loni wissen.

„Wir können sie nicht hierbehalten. Ich bin mir bei diesen Menschen noch nicht sicher. Das eine Schiff von Elpis hat gerade gestoppt. Unsere Spione berichten, dass zwei weitere Schiffe soeben gestartet sind. Und du weißt, dass sie neue Technologien haben, gegen die wir keine Chance haben. Alles was wir haben, sind im Kampf erbeutete und gestohlene Schiffe und Waffen! Einen großangelegten Angriff hier auf Chalkos können wir nicht standhalten." sprach O`Connor.

„Wir könnten sie auf unsere kleine Station auf Kylindros bringen!" meinte Loni.

O`Connor überlegte kurz und sprach dann: „Nein. Kylindros? Dieser Mond von Dyo liegt noch näher an Elpis. Wir bringen sie nach Erimos. Erimos ist der Wüstenmond von Tesseris. Dort trauen sich die Elpianer nicht hin. Noch nicht! Er ist viel zu instabil."

„Gut. Ich bereite alles vor." Loni stand auf und ging aus dem Raum.

Samantha und Gabriel wurden nun auf ein Schiff gebracht. Nach dem Start bekamen sie erst einmal etwas zu essen. Die beiden hatten auch schon einen großen Hunger. Nach dem Essen kam Tenente Raffael Gomez in Begleitung von Sergente Selina in ihre Kabine.

Samantha sprach den Tenente an: „Mit welchem Recht halten Sie uns immer noch gefangen?"

„Sie sind Menschen! Auf Befari herrscht eine brutale Diktatur von Menschen. Wir wissen einfach nicht, wie ihr dazu steht." war die Antwort.

„Wo bringt ihr uns hin?" wollte Gabriel wissen.

Der Tenente antwortete. „Auf den Wüstenmond Erimos!"

„Wir haben mit den Menschen auf Elpis, ihr sagt Befari, noch nie einen Kontakt gehabt. Die wissen noch nicht einmal, dass wir hier sind!" rief Samantha.

„Das glaube ich nicht. Die haben gute Scanner und Spionagesatelliten. Die wissen mit Sicherheit, dass ihr hier seid." sagte Tenente Gomez.

„Sie sagen, dass auf Befari eine brutale Menschendiktatur herrscht. Sie sind selbst ein Mensch! Colonello O'Connor ist ebenfalls ein Mensch! Wie passt das alles zusammen?" fragte Gabriel

„Ich bin ein Mann. Männer sind auf Elpis unterdrückt. Die Meisten sind versklavt wie das gesamte Volk der Befari. Nur wenige Männer sind privilegiert. Das heißt allerdings nicht, dass sie frei sind. Sie haben nur etwas besseres Essen, bessere Unterkünfte und können sich etwas freier bewegen. Aber ein Fehler kann sie wieder zu richtigen Sklaven machen. Und vor sexueller Ausbeutung sind auch sie nicht gefeit. Colonello O`Connor ist eine Überläuferin. Sie ist schon als Jugendliche zu uns gekommen! Wir sind die Resistenza, eine kleine Gruppe von Leuten, welche in Freiheit leben wollen. Wir wollen, dass alle gleichberechtigt zusammenleben können, Menschen und Befari, Männer und Frauen!" Tenente Gomez sprach von den brutalen Unterdrückungen, sprach von Gefängnissen und Folter.

„Das ist gut und richtig. Wie viele Befari gibt es?" fragte Samantha.

„Das Volk der Befari sind etwa einhundert Tausend. Die Menschenfrauen sind knapp Fünftausend. Menschenmänner gibt es Eintausend!" sagte Gomez. Samantha und Gabriel sahen sich ungläubig an.

„Das kann nicht sein!" entfuhr es Samantha.

„Was kann nicht sein?" wollte Selina wissen.

„Auf einer Raumstation bei der Erde erfuhren wir durch ein Computerhologramm, dass mindestens einhundertfünfzig Millionen Menschen von der Erde nach Elpis, ich meine Befari, ausgewandert sind. Ihr sagt, es gibt hier etwa nur sieben Tausend Menschen!" sprach Samantha.

„Die Menschen haben sich über die gesamte Galaxis zerstreut. Nur ein sehr geringer Teil lebt hier auf Befari!" antwortete Gomez.

„Und wie viele Kolonien gibt es?" fragte Gabriel.

„Hunderte!" sprach Gomez.

„Kämpft eure Resistenza auf allen Kolonien?" wollte Samantha wissen.

„Nein. Nur hier. Auf den meisten Kolonien gab es bei der Ankunft der Menschen keine Zivilisationen, sondern nur primitive Lebensformen, beziehungsweise gar kein Leben. Nur hier auf Befari gab es höheres Leben. Die Befari waren ein Volk, welches auf dem Stand der Jungsteinzeit der Erde war. Es war ein leichtes für die Menschenfrauen diese zu unterdrücken und zu versklaven. Zehntausende Befari kamen dabei ums Leben. Die Menschen haben hier auf Befari ihre Zentralregierung, einen Rat bestehend aus neun Frauen. Vorsitzende ist Frau Lydia Peroni. Sie besitzt viele Sklaven. Viele Befari müssen auf ihren Gütern schuften. Drei Männer gehören auch ihr. Mit denen zeugte sie zwei Töchter und einen Sohn. Dieser wurde nach seiner Geburt in eine Jungenanstalt gebracht. Dort wird er als Sklave aufgezogen. Die Töchter werden später einmal gehobene Posten bekommen. Ich war einmal ein Mann von Peroni. Ihr Sohn ist mein Sohn. Nachdem man ihn in die Sklavenanstalt gebracht hat, bin ich geflohen und habe mich der Resistenza angeschlossen. Ich möchte meinen Sohn befreien."
Tenente Gomez sprach sehr ruhig, obwohl es erschütternd war.

„Wir könnten euch unterstützen! In unserem Jahrhundert gab es keine Sklaven mehr. Schon lange nicht mehr. Wir verstehen auch nicht, wie es dazu kam. Wir waren eigentlich auf der Erde soweit, dass alle gleichberechtigt waren. Wir hatten auch Kontakt zu anderen Zivilisationen auf anderen Planeten. Deswegen ist dies hier für uns völlig unverständlich." sprach Samantha.

„Eure Geschichte hört sich ziemlich fantastisch an. Sie ist schwer zu glauben. Unser Rat wird über euer Schicksal entscheiden!" sprach Gomez.

„Wer gehört eurem Rat an? Auch nur Frauen?" fragte Gabriel.

„Nein, unser Rat sind Frauen und Männer, Befari und Menschen. Den Vorsitz hat Frau Solima, eine Befarifrau!" antwortete Gomez.

Plötzlich ertönte ein schrilles Pfeifen. Tenente Gomez sprang auf und verließ den Raum. Samantha stand ebenfalls auf und wollte hinterher, aber der Raum war zu. Man konnte allerdings hören, dass es außerhalb des Raumes laut zuging. Samantha und Gabriel hörten laute Stimmen und das Zischen von Strahlenwaffen. Dann wurde es plötzlich ruhig. Gabriel wollte gerade etwas sagen, als die Tür aufging. Herein kam eine menschliche Frau in einer weißen Uniform. Sie richtete eine Waffe auf Samantha.

7.

Auf der Aminata saßen alle auf der Brücke und warteten auf einen Ruf von der Oberfläche des Monds. Sie warteten nun schon seit Stunden und nichts geschah. Von der Oberfläche des Monds startete ein Raumschiff und flog davon.

Corinna wurde langsam unruhig: „Otekah, ruf noch einmal diese Capitano Loni!"

Nichts tat sich. Keine Antwort kam. „Ruf noch einmal!" befahl Corinna.

Nun zeigte sich Loni auf dem Monitor: „Was wollen Sie?" fragte die Capitano kurz.

„Wir wollen mit unseren Leuten sprechen! Geht es Ihnen gut?" fragte Corinna.

„Ihren Leuten geht es gut. Wir bringen sie mit einem Gefangenentransporter zu unserem Rat auf dem Mond Erimos. Dort wird weiter entschieden!" war Lonis Antwort.

Corinna fragte: „Dürfen wir mit Ihrem Rat sprechen?"

Loni schüttelte den Kopf und sprach: „Jetzt nicht. Später vielleicht. Der Rat wird es Sie wissen lassen."

„Sind unsere Leute auf dem Schiff, welches eben den Mond verlassen hat?" fragte Otekah.

„Ja. Aber Sie bleiben mit Ihrem Schiff wo Sie sind." antwortete Loni.

Corinna sagte: „Wir werden dem Schiff folgen!"

Loni sagte daraufhin: „Wenn Sie das machen, gefährden Sie Ihr Schiff und das Leben Ihrer Leute. Starten Sie nicht Ihr Schiff. Wir zerstören Sie sonst!"

Corinna gab Otekah ein Zeichen, die Verbindung zu unterbrechen. Auf dem Bildschirm waren wieder der Mond und eines der Befarischiffe zu sehen.

„Was machen wir jetzt?" wollte Otekah wissen.

„Erst einmal gar nichts. Ihr habt es gehört. Wir sollen hier warten." sprach Corinna.

„Wir können doch hier nicht so einfach rumsitzen!" rief Saydala aufgeregt.

„Doch, das werden wir!" sagte Corinna.

Es vergingen mehrere Minuten, da meldete Otekah plötzlich, dass ein großes Schiff sich dem Gefangenentransporter mit großer Geschwindigkeit näherte. Es parkte wahrscheinlich hinter einem zweiten Mond. Ein Gefecht entbrannte.

Corinna sagte daraufhin zu Otekah: „Ruf die Befari!"

Ein Wachschiff der Befari verließ die Aminata und flog in Richtung des Transporters. Capitano Loni meldete sich: „Ein Kampfschiff der Elpianer hat unseren Transporter überfallen. Wir werden ihm zu Hilfe eilen. Sie hingegen bleiben wo sie sind. Mischen Sie sich nicht ein."

Corinna sprang auf und entgegnete: „Es sind unsere Leute an Bord. Wir werden nicht tatenlos zuschauen!"

Loni meldete sich noch einmal: „Bleiben Sie wo sie sind. Sie sind uns unterlegen. Die Elpianer sind noch besser bewaffnet."

Aus der Ferne sah man von der Aminata, wie die Elpianer sich des kleinen Transporters bemächtigten.

Capitano Loni war noch nicht dort angekommen.
Corinna fasste einen Entschluss. Sie befahl Otekah,
dem Transporter zu folgen. In dem Moment feuerte
das zweite Wachschiff auf die Aminata. Es gab einen
leichten Knall und die Aminata war nicht mehr
manövrierfähig.

Capitano Loni meldete sich: „Ich habe es Ihnen
gesagt. Sie sollen bleiben wo sie sind!"

Corinna sah zu Otekah und sprach: „Was ist mit
unserem Triebwerken?"

„Sie sind ausgefallen, aber nicht defekt. Sie sind
einfach ausgegangen. Es hat irgendeinen
Energieimpuls gegeben und die Triebwerke sind
einfach ausgegangen!" antwortete Otekah.

Corinna fragte: „Wie sehen unsere Energiereserven
aus?"

Onatah schüttelte ihren Kopf und sprach: „Nicht gut.
Noch ein bis zwei Manöver und wir haben nur noch
Reserveenergie!"

„Schalte den Schutzschirm aus. Den brauchen wir
jetzt erst einmal nicht." Befahl Corinna.

„Eye, eye!" antwortete Onatah.

Corinna befahl dann: „Kamera auf maximale
Entfernung einstellen."

Von weitem sahen sie wie das große Elpianer
Kampfschiff den Transporter enterte. Nach kurzer
Zeit entfernte es sich mit hoher Geschwindigkeit und
flog in Richtung Elpis. Das Schiff von Capitano Loni
kam offensichtlich zu spät. Nach ein paar Minuten,

als sie bei dem Transporter ankamen, dockte Loni am Transporter an. Die Besatzung der Aminata musste dabei tatenlos zuschauen. Es schmerzte sehr, dass sie ihren Leuten so gar nicht helfen konnten. Qualvolle Minuten vergingen. Endlich meldete sich Loni: „Unser Transporter wurde überfallen. Es ist keiner mehr an Bord. Die Besatzung und eure Leute wurden offensichtlich auf das Kampfschiff gebracht."

8.

Samantha und Gabriel lagen gefesselt auf dem Boden in einem dunklen Raum. Nur ein wenig Licht kam offenbar durch ein Fenster. Es war sehr kalt. Beide lagen auf dem Rücken. Samantha versuchte sich umzudrehen. Aber die Schulter schmerzte. Sie stöhnte leicht auf. Gabriel erwachte daraufhin.

„Was ist los? Wo sind wir?" fragte Gabriel.

„Ich habe keine Ahnung. Bist du in Ordnung?" sprach Samantha.

„Ich kann mich nur noch erinnern, dass der Transporter überfallen wurde, dort eine Frau ins Zimmer kam, einen kleinen schwarzen Gegenstand auf mich hielt, dann roch es unangenehm und nun liegen wir hier!" sagte Gabriel.

„Genau, an mehr kann ich mich auch nicht erinnern. Wir sind offensichtlich betäubt worden!" sprach Samantha.

Plötzlich hörten sie ein leichtes Zischen. Ein starker beißender Geruch stieg auf. Gabriel hustete und Samantha wollte sich übergeben. Dann fielen beide in Ohnmacht. Sie merkten nicht, wie die Tür sich öffnete und sechs Frauen eintraten. Vier Frauen trugen eine graublaue Uniform. Sie waren sehr jung. Eine andere Frau, offenbar eine Offizierin trug ein dunkelblaues Cappy. Die sechste Frau war im mittleren Alter und trug eine orangene Toga, welche fast bis zum Boden reichte. Sie hatte einen sehr stolzen Blick. Auf dem Kopf trug sie einen silbrigen Schmuck. Sie trat vor die auf dem Boden liegenden Samantha und Gabriel und betrachtete sie. Die offenbar jüngste Frau, welche eine lange hellgrüne Toga trug, sprach die Frau mit der silbernen Spange an: „Lady Luna Korhonen, ich berichte dem Rat, dass wir Gefangenen haben und sie führen das Verhör durch!"

„So machen wir es Lady Soraya Schiras!" antwortete die Angesprochene.

„Was sollen wir mit ihnen machen, Lady Korhonen?" fragte die Frau mit dem Cappy.

Lady Korhonen sah sich die leblosen Körper an. Gabriel wurde etwas genauer untersucht. „First Capitano Alvarez, bringen Sie den Mann in mein Haus ins Arrestzimmer. Diese dunkelhäutige Frau bringen Sie hier ins Verhörzimmer!" befahl Lady Korhonen.

„Eye, Eye!" Alvarez nickte leicht mit dem Kopf. Sie bedeutete dann den anderen vier Frauen den Befehl auszuführen. Die beiden Körper erhoben sich, obwohl sie noch ohnmächtig waren. Auf

Antigravitationskissen liegend wurden sie wie
befohlen weggeschafft.

Samantha erwachte. Sie saß auf einem Stuhl an
einem Tisch. Die Hände waren auf dem Rücken
gefesselt. Die Schultern schmerzten. Sie stöhnte
leicht auf. Sie schlug die Augen auf und sah auf der
anderen Seite des Tisches zwei Frauen sitzen.
„Können Sie mich verstehen?" wurde sie in barschen
Ton von der einen Frau angesprochen.
„Ja, ich verstehe Sie!" antwortete Samantha. Das
Reden fiel ihr etwas schwer. Die Zunge klebte am
Gaumen. Wahrscheinlich war es eine Folge der
Betäubung.
„Wer sind Sie und wo kommen Sie her?" war die
nächste Frage.
„Sagen Sie mir erst wo ich bin!" entgegnete
Samantha.
„Die Fragen stellen wir! Aber damit Sie es wissen. Sie
befinden sich in der Obhut des Regierungsrates von
Elpis. Mein Name ist Luna Korhonen. Ich bin Mitglied
des Regierungsrates. So, und nun beantworten Sie
meine Frage! Neben mir sitzt Major Melinda Berg."
„Mein Name ist Samantha Brown und ich komme von
der Erde! Wo ist mein Kamerad?"
„Ihr Sklave ist bei mir in Gewahrsam. Soso, Sie
kommen also von der Erde. Auf der Erde lebt schon
lange kein Mensch mehr. Sie lügen offensichtlich.

Was haben Sie bei den Terroristen der Resistenza gemacht?" fragte Luna Korhonen.

„Ich weiß nicht wovon Sie reden!" war die Antwort von Samantha.

Luna Korhonen lächelte und sprach: „Es hat keinen Sinn, es zu leugnen. Sie waren auf einem Schiff der Resistenza. Haben Sie einen Terroranschlag hier vorgehabt?"

„Nein. Wir waren selbst Gefangene auf diesem Schiff!" antwortete Samantha.

Eine uniformierte Frau trat ein und flüsterte der Ratsherrin etwas ins Ohr und ging wieder aus dem Raum. Frau Korhonen folgte der Uniformierten. Die Tür ging auf und die Frau kam erneut und winkte zur Majorin, ebenfalls zu kommen. Samantha saß nun allein. Die Schultern schmerzten und auch die Hände taten weh. Mit den Armen hinter dem Stuhl gefesselt war es keine bequeme Sitzhaltung. Bei jeder Bewegung stöhnte Samantha leicht auf. Die Zeit verging gefühlt sehr langsam. Nach zehn Minuten kamen die Ratsherrin und die Majorin zurück. Samantha kamen die Minuten wie Stunden vor. Die Majorin hatte ein Glas Wasser in der Hand und stellte es vor Samantha auf den Tisch. Dann nahm sie ihr die Fesseln ab.

Die Ratsherrin holte tief Luft und sprach: „Sie sagen wahrscheinlich die Wahrheit. Wir haben von ihrer Kleidung eine Isotopenanalyse gemacht. Sie stammt tatsächlich von der Erde. Aber eines macht uns dennoch stutzig. Die Kleidung ist siebenhundert Jahre alt. Eine Untersuchung Ihres Blutes hat Ähnliches ergeben. Erzählen Sie uns mal Ihre Geschichte!"

„Die ganze Geschichte?" fragte Samantha.

„Ich bin ganz Ohr!" war Korhonen ihre Antwort.

„Also, es begann eigentlich schon vor ein paar Jahren. Ich war mit einer Expedition im All unterwegs zum Sternensystem Gliese 581. Da wir den Warpantrieb noch nicht kannten, dauerte die Reise viele Jahre. Ich war mit gerade achtzehn Jahren das jüngste Besatzungsmitglied. Für die lange Reise wurde die Mannschaft gedrittelt und teilweise in Kryoschlaf versetzt. Nur ein Drittel der Mannschaft hatte jeweils Flugdienst und wurde von einem anderen drittel abgelöst. Wir flogen also zum Gliese 581 und....," Samantha erzählte von der beschwerlichen Reise, von der primitiven Gesellschaft, welche sie dort fanden, von dem Wurmloch, welches sie fanden, von der zweiten Expedition nach Kalpano durch das Wurmloch, vom Kampf mit den Insektaner und wie sie Menschen von der Erde dort trafen. Sie erzählte von der jetzigen Expedition, von Lesharo Ohiteka, von Otekah, vom weißen Loch und wie sie schließlich dadurch siebenhundert Jahre in der Zukunft der Erde landeten und wie sie sich entschlossen, hierher nach Elpis zu fliegen. Die Ratsherrin Korhonen und die Major hörten aufmerksam zu.

„Sie haben uns da eine fantastische Geschichte voller Abenteuer erzählt.", sprach die Ratsherrin, „was wollen Sie jetzt hier bei uns?"

„Wo sollten wir sonst hin? Unsere Vorräte waren fast aufgebraucht. Antimaterie für den Antrieb hatten wir auch nicht mehr viel. Wir dachten, dass wir hier eine neue Heimat finden." meinte Samantha.

„Soso, das haben Sie gedacht. Naja", sprach Luna Korhonen gedehnt.

„Wo befindet sich dieses Raumschiff Aminata?" wollte der Major wissen.

Samantha setzte eine unschuldige Miene auf und sagte: „Das weiß ich nicht!"

Major Berg sprach mit ernstem Gesicht: „Wissen Sie was ich denke? Ich denke, sie wollen mit der Resistenza gemeinsame Sache machen und unsere Gesellschaft hier auf Elpis zerstören!" Der Major stand auf und lief um Samantha herum.

Samantha: „Das ist nicht wahr!" Samantha war richtig erzürnt.

Die Majorin beugte sich vor: „So? Sie haben eine Außerirdische an Bord. Angeblich ist der Mann bei Ihnen kein Sklave. Warum sollten Sie also keine Kollaborateure mit der Resistenza sein? Ich denke, dass Sie lügen!"

Samantha entgegnete: „Ach denken Sie doch was Sie wollen. Ich habe Ihnen alles erzählt." Samantha sprach jetzt etwas trotzig. Sie griff zu dem Glas Wasser und nahm einen Schluck.

„Wir werden Sie schon zum Sprechen bringen." sprach Major Berg.

Luna Korhonen stand ebenfalls auf und sprach: „Nun, vorläufig bleiben Sie hier. Wir werden später sehen, was wir mit Ihnen machen." Die Ratsherrin und die Majorin verließen den Raum.

9.

Corinna schaute verzweifelt auf den großen Bildschirm. Otekah und Onatah saßen wie versteinert auf ihren Plätzen und Saydala hielt die Hände vor ihr Gesicht und begann auf ihre Art traurig zu sein. Sie alle konnten kaum glauben, was dort passiert war.

Corinna fasste sich als erste. Sie sprach zu Otekah: „Ruf das Befarischiff!"

Capitano Loni meldete sich. Corinna sagte zu ihr: „Wir müssen uns unbedingt treffen. Ohne Vorbehalte!"

„Gut. Ich stimme zu. Kommen Sie zu uns!" sprach Loni.

„Das geht nicht. Wir haben nur das eine Landeschiff. Und das steht noch auf ihrem Mond. Sie müssen also zu uns kommen!"

„In Ordnung. Wir kommen zu zweit!" war die Antwort von Loni.

„Alles klar!" bestätigte Corinna.

Das Bild von Loni erlosch und es war wieder das Raumschiff der Resistenza zu sehen. Corinna stand auf sagte: „Otekah und ich werden die Fremden empfangen." Vom Befarischiff löste sich ein kleiner

Transporter und flog zur Aminata. Corinna und Otekah gingen zur Andockschleuse, um die Gäste zu empfangen. Als die Luftschleuse sich öffnete, traten zwei Befarifrauen ein. Die Vordere hob die Hand zum Gruß und sprach: „Guten Tag. Ich bin Capitano Loni, neben mir Sergente Selina.“

Corinna entgegnete: „Seien Sie willkommen. Ich bin Käpt`n Corinna Mumba neben mir Crewmitglied Otekah Black. Bitte folgen Sie mir.“ Sie gingen dann in das Kabinett und nahmen Platz.

Corinna begann: „Sie müssen entschuldigen, dass wir Ihnen nichts anbieten. Unsere Vorräte sind sehr knapp. Das ist auch ein Grund, warum wir hier sind.“

„Sie müssen sich nicht entschuldigen.“ sprach Loni, „Ihre beiden Crewmitglieder haben uns eine Geschichte erzählt. Wenn sie wahr ist, dann kann ich ihre Situation verstehen.“

„Was haben Sie Ihnen denn erzählt?“ wollte Otekah wissen.

„Dass Sie aus der Vergangenheit kommen!“ sagte Loni.

„Das stimmt. Wir kommen siebenhundert Jahre aus der Vergangenheit.“ sprach Corinna.

„Ziemlich abenteuerliche Geschichte!“ sprach Selina.

„Kann man wohl sagen.“ pflichtete Corinna bei.

„Wie dem auch sei. Unser Rat möchte sich mit Ihnen treffen. Die Situation ist nämlich sehr ernst. Die Elpianer halten eure Crewmitglieder gefangen. Wir haben unsere besten Spione aktiviert, um heraus zu bekommen, wo sie sich befinden. Wir gehen zunächst davon aus, dass sie sich direkt auf Befar befinden!" sprach Loni.

„Warum haben Sie unsere Leute fortgeschafft? Sie hätten sie auch zu uns zurückbringen können!" entgegnete Otekah.

Capitano Loni erläutertet: „Sehen Sie, es ist nicht so einfach. Wir von der Resistenza sind eine Widerstandsbewegung gegen das Unrechtsregime der Elpianer, so nennen wir die Menschen hier, denn sie nennen unseren Planeten Elpis. Wir selbst nennen uns Befari und unseren Planeten Befar. Wir müssen Fremden, erst recht wenn es sich um Menschen handelt, vorsichtig sein. Alles weitere wird Ihnen unser Rat erläutern!"

„Sie werden vielleicht auch unser Misstrauen verstehen. Wenn sich der Rat mit uns treffen will, dann auch hier auf unserem Schiff." sprach Corinna.

„Das lässt sich sicher einrichten." sprach Loni.

„Gut. Dann treffen wir uns wieder hier. Wie schnell kann das von Ihrer Seite sein?" wollte Corinna wissen.

Loni überlegte uns sprach: „Heute nicht mehr. Ich kann die Entscheidung des Rates nicht vorweg nehmen. Ich bin nur eine Verbindungsoffizierin. Aber wir melden uns morgen und dann machen wir Konkreteres aus. Eine Frage noch. Was benötigen Sie für Treibstoff?"

„Wasserstoff und Antiwasserstoff!"

„Gut. Wir bringen euch etwas Wasserstoff und Positronium mit. Dann seid ihr etwas mobiler. Einverstanden?" Capitano Loni sah Corinna an.

„Danke. Einverstanden. Wir warten auf Euch!" entgegnete Corinna.

Die vier Frauen erhoben sich und begaben sich zur Luftschleuse. Loni und Selina verabschiedeten sich und flogen zurück zu ihrem Schiff.

Corinna und Otekah begann sich auf die Brücke. Dort warteten Onatah und Saydala schon gespannt auf den Bericht.

Saydala war natürlich die Aufgeregtere: „Was ist mit Gabriel und Samantha?" fragte sie.

„Sie wissen es nicht genau. Sie haben wohl ihre besten Spione angesetzt, um es zu erfahren!" begann Corinna und dann erzählte sie von dem Gespräch mit Loni und Selina.

„Dann kommen sie erst morgen? Und was machen wir in der Zeit? Wir können doch nicht einfach so rumsitzen und warten?" sprach Saydala sehr erregt.

„Doch. Genau das werden wir tun! Es geht nicht anders. Wir haben kaum noch Treibstoff. Unsere Nahrung geht auch dem Ende entgegen. Die Elpianer und die Befari sind uns technisch hoch überlegen. Siebenhundert Jahre sind eine lange Zeit der Entwicklung." entgegnete Corinna.

„Es bleibt uns wohl nichts anderes übrig." sagte auch Onatah.

Saydala sprang aufgeregt auf und verließ den Raum.
Onatah wollte ihr folgen, aber Otekah hielt sie
zurück.

„Lass sie. Sie ist fremd hier, war selbst Sklavin und der
Mann, den sie liebt, ist nun in Gefangenschaft bei
einem Regime, von dem wir nicht allzu viel wissen."
sagte Otekah.

„Otekah hat Recht. Sie wird sich schon wieder
beruhigen." sprach auch Corinna.

Die Lage, in der sich die Crew der Aminata befand,
war nicht einfach. Zwei Leute gefangen. Der Rest der
Mannschaft muss sich gedulden, da sie keine
Ressourcen mehr haben. Sie stehen zwischen zwei
Fronten. Auf der einen Seite Menschen, welche aber
anscheinend ein Terrorregime aufgebaut haben, und
auf der anderen Seite ein von den Menschen
unterdrücktes Volk.

„So, wir machen nun folgendes. Otekah und ich
werden jetzt den ersten Dienst übernehmen. Onatah
und Saydala haben jetzt erst einmal frei. In acht
Stunden löst ihr uns ab. Alles klar?" Otekah und
Onatah nickten. Otekah nahm ihren Platz am
Kommunikationspult ein. Corinna setzte sich an die
Steuerkonsole.

Onatah schaute noch einmal auf den großen
Bildschirm und verließ den Raum. Sie ging allerding
nicht auf ihr Zimmer, sondern begab sich zu Saydala.
Sie klopfte an. Von drinnen kam ein leises „Herein!"
Als Onatah hineinging, sah sie, dass Saydala auf ihrer
Koje lag. Sie setzte sich auf den Rand, streichelte ihr

über das Haar und sprach: „Ich verstehe, dass du
Angst hast. Aber sei unbesorgt. Wir werden alles
unternehmen, um dir deinen Gabriel wieder zu
bringen."

Saydala setzte sich nun ebenfalls. Sie lächelte etwas
und nickte leicht. Sie holte tief Luft und sagte: „Ich
habe Angst. Wenn Gabriel etwas passiert, weiß ich
nicht was ich machen soll. Ich habe doch nur ihn!"

„Mach dir keine Sorgen. Du bekommst ihn wieder. Ihr
werdet beide zusammen steinalt. Wir holen ihn da
raus." sprach Onatah und sah Saydala mit einem
zuversichtlichen Lächeln an. Dann nahm sie Saydala
in die Arme und streichelte ihr das Haar.

10.

In dem großen Beratungsraum im
Regierungsgebäude in New Earth trat der Rat von
Elpis zusammen. Sie debattierten darüber, was nun
mit den Fremden passieren wird.

Ratsfrau Luna Korhonen war beauftragt, das erste
Verhör durchzuführen. Nun sollte sie Bericht
erstatten. Als sie diesen Bericht vorlegte entbrannte
eine Diskussion.

„Ich glaube nicht, dass sie uns gefährlich werden
können." beendete Luna Korhonen ihren Bericht.

„So? Glauben Sie?", Verena Smirnow lachte
verächtlich, „ich bin da ganz anderer Meinung. Sie

waren bei der Resistenza. Ich glaube, dass sie sich mit diesem Abschaum verbündet haben. Wir sollten die dunkle Frau töten. Den jungen Mann können Sie, Frau Korhonen, behalten. Das ist meine Meinung."

Soraya Schiras: „Ich bin anderer Meinung. Die Frau kommt in ein Umerziehungslager. Dass sie dunkelhäutig ist, sollte keine Rolle spielen. Zur genetischen Vielfalt könnte sie beitragen. Vergessen Sie alle nicht, dass wir nur viertausend Frauen sind. Neues Blut könnte uns gut tun."

Lydia Peroni sprach: „Ich habe in alten Chroniken von der Erde gelesen, dort gab es viele dunkelhäutige Frauen. Sie waren aber nicht gleichwertig. Deshalb wurden sie bei der Auswanderung auch nicht mitgenommen."

Laura Rossi nickte dazu: „Ich schließe mich der Meinung von Lady Schiras an!"

Diana Taylor lächelte verächtlich und sagte: „Das war wieder klar. Ich finde, dass wir beide töten sollten. Männer zum Spielen haben wir genug. Und die Frau kann gefährlich werden! Was ist wenn noch mehrere den Weg zu uns finden?"

Luna Korhonen schaute in die Runde und sagte laut: „Wir sollten beide am Leben lassen. Den Mann nehme ich. Die Frau wird umerzogen! Sie ist auch sehr hübsch. Sie könnte als Vergnügungsmädchen sehr nützlich sein!"

Selina Scott herrschte Luna Korhonen an: „Sie haben einen zu großen Appetit! Wir werden gemeinsam entscheiden, was mit dem jungen Mann wird! Und die Frau ist trotz ihres für uns ungewöhnlichen Aussehens ein Mensch. Eine Menschenfrau wird nicht versklavt."

Lydia Peroni schaute sich um: „Weitere Meinungen?" sie schaute in die Runde. Als Niemand sich meldete, sprach sie: „Machen wir eine Pause. In zwei Stunden sehen wir uns wieder hier."

Die Ratsfrauen erhoben sich und gingen jede in ihr Appartement. Bei Selina Scott und Laura Rossi warteten schon junge Sklavinnen oder Sklaven für gewisse Vergnügungen. Die anderen Frauen nahmen ein erholendes Bad, eine Massage und ließen sich anschließend ein üppiges Mahl zubereiten.

Nach Zwei Stunden kamen die Damen wieder zusammen, um über das weitere Vorgehen abzustimmen. Das war notwendig, da es unterschiedliche Auffassungen gab. Schließlich setzten sich die Besonnenen durch. Gabriel blieb bei Luna Korhonen und Samantha wurde in ein Umerziehungslager auf dem Elpis-Mond Kala gebracht. Dieser hat einen Durchmesser von 1034 Kilometern und dreht sich in einer Ellipse mit einem Durchschnitt von 250.000 Kilometern um Elpis. Dort befindet sich dieses Lager. Es ist berüchtigt für seine Härte. Nicht alle der Insassen überleben einen Aufenthalt. Folter und Schläge sind an der Tagesordnung. Die Meisten von ihnen werden einer Gehirnwäsche unterzogen.

11.

Auf der Aminata waren alle auf der Brücke versammelt und warteten gespannt, dass die Befari sich meldeten. Die Meldung war schon seit Stunden überfällig. Corinna lief nervös hin und her, Saydala saß mit traurigem Blick auf ihrem Sessel und schüttelte aufgeregt ihren Kopf. Bei Mandorianern war dies ein Zeichen von höchster Anspannung. Otekah und Onatah saßen relativ ruhig auf ihren Plätzen. Nachdem nun schon vier Stunden vergangen waren, sagte Corinna zu Otekah: „Ruf sie!“

Als Otekah gerade ihren Ruf absetzen wollte, tönte ein lautes Pfeifen.

„Wir werden gerufen!“ sprach Otekah. Sie legte den Ruf auf den Lautsprecher.

„Hier ist Capitano Loni. Können Sie mich hören?“

„Ja, wir verstehen Sie!“ antwortete Corinna.

„Wir können andocken. Wir bringen auch etwas Wasserstoff und Positronium mit.“

„Danke. Wir erwarten euch!“

Das Andocken dauerte nur wenige Minuten. Corinna nahm die Gäste in Empfang. Zu ihrem Erstaunen kamen nur Loni und zwei Männer mit zwei großen Behältern.

„Sie kommen allein? Ich dachte, dass jemand vom Rat dabei ist!“ sagte Corinna etwas enttäuscht während Saydala und Otekah die Behälter verstauten.

„Unser Rat möchte sich mit Euch beim äußersten
Gasriesen treffen. Wir nennen ihn Tesseris." sprach
Loni.

„In Ordnung. Wir verladen nur den Treibstoff." sagte
Corinna.

„Gut. Ich begebe mich wieder auf unser Schiff. Wir
fliegen vor. Ihr folgt uns!" sprach Loni.

„Okay!" antwortete Corinna.

Die Fremden flogen nun wieder zu ihrem Schiff und
flogen zum Gasriesen Tesseris. Nachdem der
Treibstoff verladen und in die Tanks gefüllt war,
folgte die Aminata. Tesseris war etwas größer als der
Jupiter. Er umrundete das Zentralgestirn in 25
Astronomischen Einheiten. Er hatte fast so viele
kleine Monde wie der Jupiter. Der größte Mond war
etwa 2 Millionen Kilometer entfernt von Tesseris.
Oberflächenscans zeigten, dass es auf ihm Leben
geben musste. Auf der Aminata stellten sie erstaunt
fest, dass es dreißig Prozent freien Sauerstoffes gab.
Dazu gab es Stickstoff und einige Edelgase.

Als sie sich Tesseris bis auf ein AE genähert hatten,
wurden sie gerufen. Capitano Loni meldete sich: „Wir
haben eine kleine Raumstation im Orbit. Dort findet
das Treffen mit Ratsmitgliedern statt!"

Die Aminata dockte an die Raumstation an. Corinna
und Onatah betraten die Station. Dort wurden sie
von Capitano Loni empfangen: „Guten Tag, bitte
folgen Sie mir."

Loni führte die beiden Frauen in einen kleinen Raum. Dort saßen bereits zwei Frauen und ein Mann. Als Corinna und Onatah eintraten erhoben sie sich. Eine der Frauen deutete den Gästen, sich zu setzen.

„Guten Tag, ich begrüße Sie", begann die Frau, „ich bin Solima, Vorsitzende des Rates der Resistenza. Meine Begleitung sind Konstantin Miros und Fiona Mendoza. Sie sind ebenfalls vom Rat der Resistenza. Mit wem habe ich die Ehre?"

„Ich bin Corinna Mumba und meine Begleiterin ist Onatah Black."

Solima schaute beide an und sagte: „Wir haben nun schon einiges von Ihnen gehört. Es tut mir leid, dass Leute von Euch gefangen wurden. Die Elpianer sind normalerweise mit ihren Raumschiffen nicht so weit draußen. Sie haben nur wenige Schiffe. Sie begrenzen sich auf unseren Planeten Befar, den sie Elpis nennen. Auch wir haben nur wenige Schiffe. Wir leben hauptsächlich auf dem größten Monden von Tesseris, dem Mond Fyta."

Corinna sprach darauf: „Wir verstehen einige Dinge nicht. Bei der Erde erfuhren wir, dass viele Millionen Menschen ausgewandert sind. Hier aber scheinen es nur wenige zu sein. Sonst wäre hier draußen mehr Betrieb."

Solima entgegnete: „So viel ich weiß, ist die Menschheit zersplittert. Einige Schiffe sind verlorengegangen. Die Meisten sind weitergeflogen. Bei den ersten Besuchen der Menschen ist denen wahrscheinlich entgangen, dass Befar bewohnt ist.

Als sie bemerkten, dass hier Bewohner lebten, flogen sie weiter. Soviel wir wissen, siedelten sie sich auf der anderen Seite der Galaxis an. Hier blieb nur eine geringe Zahl von Menschen."

„Was glauben Sie, hat man mit unseren Leuten gemacht?" wollte Onatah wissen.

Konstantin Miros antwortete: „Sie befinden sich auf dem Monden Kala. Dort werden sie verhört. Wir erwarten allerdings bald mehr Informationen von unserem Geheimdienst."

Solima erläuterte dazu: „Sehen Sie, auf Befar leben vielleicht 6000 bis 7000 Menschen. Mehr sind es nicht. Befari gibt es circa 250.000. Die Menschen haben hier ein sehr brutales Regime aufgebaut. Da wir Befari bei der Ankunft der Menschen noch weitestgehend in der Steinzeit lebten, hatten sie es leicht uns zu unterdrücken. Wir hatten gerade erst gelernt die ersten metallischen Gegenstände zu entwickeln. Die Gesellschaft auf Befar funktioniert folgendermaßen: Die Herrschaft haben die menschlichen Frauen. Es sind etwa fünftausend. Die menschlichen Männer leben in Leibeigenschaft und haben nur wenige Rechte. So muss es auf der Erde schon gewesen sein. Es gibt zwei größere Städte auf Befar. Die Hauptstadt ist New Earth. Wir Befari sind alle versklavt und müssen den menschlichen Frauen dienen. Einige von uns wurden auch zu höheren Aufgaben ausgebildet. Von diesen gebildeten Befari entflohen einige. Dazu gesellten sich noch einige menschliche Männer. Diese zwei Gruppen bildeten nach kurzer Zeit die Resistenza. Nach und nach schlossen sich auch einige menschliche Frauen uns an. Aber insgesamt sind auch wir viel zu wenige. Wir leben hier auf Fyta. Er ist besiedelt von einigen sehr primitiven Tieren. Auch ist die Schwerkraft geringer, als auf Befar. Aber wir haben uns daran gewöhnt. Bei uns sind alle gleichberechtigt. Unser Ziel ist es, ganz Befar zu befreien."

Corinna sprach: „Wir wollen jetzt natürlich in erster Linie unsere Leute wieder haben. Wir verstehen nicht, wie es zu dieser Situation überhaupt gekommen ist. Als wir von unserer Erde aufbrachen, war alles in Ordnung. Wir waren zwölf Milliarden Menschen. Wir lebten alle harmonisch miteinander. Forschung und Wissenschaft blühten. Unsere Umweltprobleme hatten wir in den Griff bekommen. Die Erdbeben auf Grund der Eisschmelze an den Polen ließen auch nach. Nun müssen wir feststellen, dass sich alles sehr verändert hat. Aber nicht zum Guten. Was ist passiert, dass sich die Menschheit so verändert hat?"

Fiona Mendoza antwortete: „Diese Fragen können wir euch natürlich so einfach nicht beantworten. Wenn ihr mehr wissen wollt, wie sich die Menschheit entwickelt hat, müsst ihr in das Zentralarchiv auf Befar. Dort findet ihr vielleicht eure Antworten."

„Wie kommen wir dorthin?" wollte Corinna wissen.

Darauf antwortete Solima: „Das Zentralarchiv befindet sich in New Earth. Es ist schwer bewacht. Es wird auch davon abhängen, wie die Menschen zu

Euch stehen. Ihr seid immerhin auch Menschen. Auch wenn ihr offensichtlich unterschiedliches Aussehen habt. Sie, Corinna, haben eine sehr dunkle Hautfarbe. Onatah ist etwas heller. Die Menschen hier sind alle sehr hell. Das irritiert etwas.“

Corinna lächelte dazu und erläuterte kurz: „Auf unserer Erde herrschten verschiedene klimatische Bedingungen. Je größer die Sonneneinstrahlung, desto dunkler die Haut. Das hat nur etwas mit der Pigmentierung zu tun. Ansonsten sind wir alle gleich.“

Fiona Mendoza verstand und sagte: „Ich habe das mal gehört. Konnte es aber nicht glauben.“

Onatah fragte: „Was passiert nun?“

Solima antwortete: „Warten wir unsere Geheimdienstberichte ab. Dann entscheiden wir, was weiter passiert. Ich lade Euch in der Zwischenzeit in unser Hauptquartier auf Fyta ein.“

Corinna nickte kurz und sprach: „Wir nehmen Eure Einladung gerne an. Ich möchte aber zunächst auf unser Schiff zurück.“

12.

Samantha saß mit schweren Fußfesseln und wie benebelt in einem Transporter zum Mond Kala. Samantha brummte der Schädel. Man hatte ihr ein Betäubungsmittel gegeben. So langsam erwachte sie. Samantha sah sich um. Sie war nicht allein. Ihr gegenüber saß eine ältere Frau. Sie lächelte sie an und sprach: „Nun, geht es wieder?"

„Mir brummt der Schädel!" antwortete Samantha.

„Das hört bald auf." sprach die Frau.

„Wo bringt man uns hin?" wollte Samantha wissen.

„Nach Kala. Dort ist das Umerziehungslager. So nennt man es zumindest. Es soll Menschen, welche sich gegen die Gesellschaft stellen, wieder gefügig machen. Übrigens, ich heiße Vera Martinez. Du kannst aber einfach Vera sagen."

„Ich bin Samantha, Samantha Brown."

„Ich habe dich noch nie gesehen. Du kommst nicht aus New Earth." Stellte Vera Martinez fest.

Samantha nickte und sprach: „Nein. Woher ich komme? Du wirst es kaum glauben. Ich komme von der Erde. Geboren bin ich in Cairns, in Australien."

Die Frau schaute Samantha jetzt etwas grimmig an: „Du musst dich nicht über mich lustig machen."

„Ich mache mich nicht lustig. Ich komme wirklich von der Erde. Es ist eine lange Geschichte. Bei Gelegenheit erzähle ich sie dir einmal." sprach Samantha.

Es gab einen starken Ruck. Man hörte starkes Knacken und Knarren.

Vera schaute Samantha an und sprach leise: „Wir sind gelandet. Hör zu, die Wächterinnen können sehr grob sein. Mach einfach alles, was sie sagen. Es bringt nichts, zu rebellieren."

Samantha nickte nur. Die Tür ging auf und eine Frau
in blauer Uniform kam herein. Sie trug ein langes
schwarzes Rohr.

„Folgt mir!" befahl die Frau.

Samantha und Vera stiegen aus dem Transporter aus.
Sie standen in einem kleinen Hangar. Zwei
bewaffnete Frauen standen dort. Mit einer
Handbewegung bedeutete man Ihnen stehen zu
bleiben.

„Ihr seid hier im Lager auf Kala. Hier habt ihr keine
Rechte. Hier seid ihr Eigentum des Rates von Elpis.
Ich bin Ratsfrau Diana Taylor. Ich leite diese
Einrichtung. Vera kennt das hier schon. Du bist zum
zweiten Mal hier. Bedenke, dass es kein drittes Mal
gibt. Und du Samantha, pass auf und befolge die
Regeln. Früh um sechs Uhr ist wecken. Dann
bekommt ihr was zu essen und trinken. Danach
arbeitet ihr in der Wäscherei. Gegen zwölf Uhr ist
Mittagspause. Danach ist drei Stunden Unterricht.
Nach dem Unterricht arbeitet ihr wieder bis abends
sieben Uhr in der Wäscherei. Dann bekommt ihr
wieder Futter. Von acht bis zehn abends noch einmal
Unterricht. Dann ist Ruhe. Wer nicht den
Anweisungen Folge leistet, wird bestraft." Diana
Taylor schaute Samantha und Vera an. Ihr Blick war
eiskalt. „Es ist jetzt gleich zwölf Uhr. Es gibt jetzt
Essen. Vera, du weißt wo es lang geht."

Vera schnappte Samantha unterm Arm und zog sie
mit sich fort. Der Essensraum war recht klein. Fünf
Tische mit je zwei Stühlen standen darin. An der

Wand gegenüber dem Eingang war ein kleines Fenster. Mehrere Frauen standen dort und nehmen ihr Essen in Empfang. Vera und Samantha stellte sich hinten an. Als sie dran waren, nahmen sie ihr Essen und gingen an einen leeren Tisch.

Samantha betrachtete das Essen. Es war ein grünlicher Brei. Dazu gab es einen Becher mit einer bläulichen Flüssigkeit. Beides war geruchlos und auch geschmacklos.

„Warum bist du hier?" wollte Samantha von Vera wissen.

„Ich habe mich verliebt. Nur leider in die Falsche!" sagte Vera.

Samantha schaute sie erstaunt an und fragte ungläubig: „Du hast dich verliebt? Was ist daran falsch!"

Vera erläuterte: „Es wäre schon schlimm, wenn es ein menschlicher Mann wäre. Aber ich verliebte mich in eine Frau, eine Befarifrau. Sie war meine Sklavin. Jemand muss bemerkt haben, dass ich sie sehr gut behandelte. Und das ist natürlich verboten. Eine Sklavin ist eine Sklavin und keine Geliebte.", Vera fing an zu weinen. „Jetzt ist sie tot und ich bin hier! Man hat sie vor meinen Augen einfach mit einem Messer getötet! Ich werde Sami, so hieß sie, nie vergessen."

Samantha war erschüttert über das Gehörte. Sie schaute sich kurz um und sprach zu Vera: „Kann man von hier fliehen?"

Vera schüttelte den Kopf und sprach: „Keine Chance!
Hier steht nur dieses eine Gebäude. Lager ist ein zu
großer begriff. Schiffe gibt es hier keine. Es kommt
nur ab und zu ein Transporter. Gegenwärtig sind die
Frauen hier im Raum die einzigen Gefangenen.
Männer sind in einem anderen Lager auf dem Mond
Kyklos des Planeten Dyo. Hier wollen sie uns nur
umerziehen. Die Männer auf Kyklos sind weitaus
schlimmer dran. Da sie Sklaven sind, müssen sie dort
schwer schuften. Befari, welche gegen die Regeln
verstoßen, werden getötet.“

Samantha begann nun Vera ihre Geschichte zu
erzählen. Vera hörte aufmerksam zu und war sehr
beindruckt. „Es ist unglaublich. Kein Wunder, dass sie
dich hierher verfrachteten. Wir sind sehr wenige. Es
gibt bei uns nur etwa 5000 Frauen. Zu anderen
Kolonien in der Galaxis haben wir keinen Kontakt.
Über frisches Blut freut man sich hier natürlich. Sonst
hätte man dich bestimmt gleich getötet. Du sollst ein
paar Kinder zur Welt bringen.“ Vera lachte.

„Wenn ich das gar nicht will?“ sprach Samantha
etwas entrüstet.

„Deswegen bist du ja hier. Du sollst ein ordentliches
Mitglied dieser Gesellschaft werden.“ sagte Vera
sarkastisch.

Samantha sprach entrüstet: „Ich lass mich doch nicht
von irgendjemanden begatten.“

„Das sieht man hier anders. Männer sind zum
Arbeiten und zum Spaß da. Und ab und zu wird aus
dem Spaß ein Kind. Ich habe auch eine Tochter. Den

Vater hatte ich mir bei einer Freundin ausgeliehen. So ist das hier!"

„Aber du warst doch in eine Befarifrau verliebt?" Samantha war ziemlich erregt.

„Das eine hat mit dem anderen nichts zu tun. Außerdem sollte es auch nicht auffallen. Da habe ich mir ab und zu mal diesen Mann ausgeborgt. Es gibt weniger Männer als Frauen auf Elpis." Sprach Vera.

Eine Wärterin näherte sich ihrem Tisch. Sie sah Vera an und fragte: „Gibt es ein Problem?"

„Nein, nein. Alles in Ordnung!" sprach Vera schnell.

„In fünf Minuten ist die Pause beendet." sagte die Wärterin, drehte sich um und ging. Als sie weg war flüsterte Samantha: „Mann, sind die hier freundlich."

„Wir sind nicht zum Vergnügen hier." Vera sah sich um, „es kann sein, dass du von einer Wächterin oder der Chefin hier mal gerufen wirst für ein paar Gefälligkeiten!"

„Was für Gefälligkeiten?" wollte Samantha wissen. Vera rollte etwas die Augen: „Naja, wie soll ich es sagen. Die sind hier acht Wochen bis sie abgelöst werden. Es gibt hier zwei Männer als Bedienstete, welche auch für das Vergnügen da sind, natürlich nicht für uns. Manche Frauen haben auch gern mal ein weibliches Vergnügen. Du verstehst?"

Samantha schaute Vera mit großen Augen an und sprach entrüstet: „Ich nicht!"

Vera zuckte nur mit den Schultern und stand auf. Samantha konnte es nicht glauben. Was ist das hier nur für eine Gesellschaft? Was ist nur aus der Menschheit geworden?

13.

Fyta ist der größte Mond des äußersten und größten Gasriesen Tesseris im System Stella. Fyta hat eine Größe von 6539 Kilometer im Durchmesser. Er ist der größte Mond im System, größer noch als der Saturnmond Titan. Fyta hat klimatische Bedingungen, welche denen auf der Erde nahekommen. Seine Schwerkraft beträgt 75 Prozent von der Erde, da er sehr kompakt und schwer ist. Sein großer Eisenkern erzeugt ein relativ großes Schwerefeld und Magnetfeld. Die Entwicklungsstufe gleicht dem Karbon. Dichte Wälder, große Sumpfgebiete aber auch ein paar kleinere Inlandwüsten prägten das Bild. Die Pole waren vergletschert. Säugetiere gab es keine. Die meisten waren Insekten und Reptilien. Das größte Landtier war ein sechs Meter großer Waran. Auf dem Hauptkontinent befand sich das Hauptquartier der Resistenza. Corinna und Onatah wurden von der Aminata abgeholt zu dem Treffen auf Fyta. Dort wurden sie vom gesamten Rat der Resistenza erwartet.

„Guten Tag, Wir kennen uns schon", begann die Vorsitzende des Rates Solima, „Ich stelle Ihnen den Rat der Resistenza vor. Menkapa verantwortlich für die Verteidigung, Fiona Mendoza für Gesundheit, Raoul Sonora für Versorgung, Narosa für Geheimdienst, Florina für Koordinierung und Konstantin Miros für Wissenschaft und Forschung. Ihr Auftauchen hier in unserer Welt sorgt für viel Unruhe bei den Elpianer und Hoffnung bei uns. Wir wissen von Narosa ihrem Geheimdienst, dass man auf Elpis Angst hat. Es gibt Befürchtungen, dass noch mehrere von Euch zu uns finden."

Corinna sprach: „Ich glaube das nicht. Die Wege zu dem schwarzen Loch sind zerstört. Das schwarze Loch, durch das wir hierher flogen, liegt auf der anderen Seite der Milchstraße. Selbst mit Höchstgeschwindigkeit braucht man zwanzig bis dreißig Jahre, um dorthin zu gelangen. Und dann ist noch nicht geklärt, ob der Zeitsprung immer der Gleiche ist."

Solima sagte: „Wir kennen alle eure Geschichte. Für uns ist eine Frage nun wichtig: Wie geht es weiter. Wir haben uns die Aufgabe gestellt, dass Regime auf Elpis zu stürzen. Wir sind nur sehr wenige. Wir haben auch sehr wenige Schiffe. Aber unser Gegner auch, Ihr seht bei uns leben Menschen und Befari friedlich und gleichberechtigt zusammen. Es gibt auch Liebesbeziehungen zwischen unseren Spezies. Nachkommen kann es allerdings nicht geben, da unsere Erbanlagen nicht kompatibel sind. Aber wir werden stetig mehr. Bei jeder Gelegenheit fliehen Befari zu uns. Unser Manko ist aber die sehr begrenzte Zahl an Schiffen."

Corinna sprach: „Da kann unsere Hilfe nicht sehr groß
sein. Wir haben nur ein Schiff und das ist zu euren
Verhältnissen eben auch total veraltet.
Siebenhundert Jahre sind kein Pappenstiel."

Solima schaute erstaunt: „Pappenstiel?"

Corinna lächelte und sprach: „Das ist nur so ein
Ausdruck. Ich will sagen, dass siebenhundert Jahre
eine sehr große Zeitspanne ist."

Menkapa sagte: „Durch unsere geringe Anzahl von
Schiffen sind wir gezwungen uns weitestgehend zu
verstecken und nicht allzu sehr aufzufallen. Die
Elpianer sind uns überlegen:"

Corinna entgegnete: „Die Elpianer sind doch auch nur
sehr wenige."

Daraufhin sagte Solima: „Aber sie sind uns
überlegen!"

„Eine Frage, wisst ihr wo unsere Leute sind?" wollte
Corinna wissen.

Narosa antwortete: „Ja, euer Mann ist bei einer
Ratsfrau als Sklave und eure Frau befindet sich im
Lager Kala. Das ist ein Umerziehungslager auf dem
Mond Kala."

Onatah fragte: „Kann man sie dort befreien?"

„Das ist sehr schwierig. Kala ist gut bewacht. Es sind
nur sehr wenige Insassen dort. Alles Elpianer. Also
Frauen. Sie haben meist gegen Regeln verstoßen und
sollen nun auf den rechten Weg geleitet werden. Was
auch immer man darunter versteht." antwortete
Solima.

Corinna fragte: „Können wir einen Plan bekommen von der Anlage?"

Narosa nickte und sagte: „Das lässt sich machen."

Solima schaute Corinna an und fragte: „Können wir noch etwas für euch tun?"

„Wenn wir auch einen detaillierten Plan von den Anlagen der Elpianer auf Elpis bekommen könnten?" bat Onatah.

Solima schaute Narosa an. Diese zögerte und nickte dann.

„Das lässt sich auch machen!" sprach schließlich Solima und stand auf. Alle anderen taten es ihr gleich.

„Wir schaffen euch nun zurück auf euer Schiff. Wir versuchen euch die gewünschten Informationen zu besorgen. Ihr bekommt auch Nahrungsreserven von uns. Wir melden uns, wenn es soweit ist. Vielleicht können wir uns in zwei Tagen hier wieder treffen!" sprach Solima.

„Gut. Wir sind einverstanden. Wir danken euch für das Treffen." sagte Corinna. Solima begleitete zusammen mit Narosa Corinna und Onatah zur Landefähre.

14.

Während Samantha in einem Lager auf dem Mond Kala gefangen gehalten wurde, musste Gabriel als Diener bei dem Ratsmitglied Luna Korhonen seinen

Dienst versehen. Eines Tages war die Ratsfrau Rubina Fernandez bei Luna Korhonen zu Gast. Nach einem üppigen Mahl saßen die zwei Damen noch zusammen, tranken etwas Wein und diskutierten über das Geschehen.

„Sie waren bei unserer letzten Ratssitzung sehr zurückhaltend!" meinte Luna Korhonen zu Rubina Fernandez.

„Ich weiß noch nicht, wie ich das Ganze einschätzen soll." war ihre Antwort.

Luna Korhonen meinte: „Sonst sind sie nicht so zurückhaltend!"

Rubina Fernandez lächelte: „Nein. Ich überlege nur, was passiert, wenn noch mehr von denen hier auftauchen. Sie kommen von einer anderen Zeitlinie. Wenn das wahr ist was sie sagt, dann kann sie gefährlich werden. Irgendetwas ist in der Vergangenheit der Erde passiert, was die Zukunft verändert hat."

Luna Korhonen fragte: „Ihre Zukunft oder unsere?"

Rubina Fernandez antwortete: „Das kommt auf den Betrachter an."

Luna Korhonen nickte dazu: „Das habe ich mir auch schon überlegt. Aber wie sollte so etwas geschehen?"

Rubina Fernandez meinte: „Als ob da jemand Zufall gespielt hat!"

Luna Korhonen schaute Rubina Fernandez fragend an: „Sie meinen, dass jemand bewusst die

Vergangenheit und damit die Zukunft manipuliert
hat?“

Rubina Fernandez wiegte ihren Kopf hin und her und
sprach: „Genau das meine ich!“

Luna Korhonen fragte: „Haben sie schon mit den
anderen Ratsmitgliedern darüber gesprochen?“

Rubina Fernandez schüttelte den Kopf und
antwortete: „Nein. Wo denken Sie hin?“

Luna Korhonen sagte dazu: „Das sollte auch so
bleiben! Auch von dem anderen Raumschiff, welches
wir vor Jahren aufgegriffen haben, wissen nur wir
beide.“

Rubina Fernandez: „Die meisten anderen
interessieren sich sowieso nur für ihr Vergnügen.
Apropos Vergnügen. Was soll mit dem jungen Mann
hier geschehen?“

„Weiß ich noch nicht!“ antwortete Luna Korhonen.

Rubina Fernandez sprach weiter: „Sie interessieren
sich doch eigentlich nur für Frauen. Geben Sie diesen
jungen Mann mir. Ab und zu können Sie ihn haben
wenn Sie wollen. Wir könnten ihn uns teilen!“

Luna Korhonen meinte: „Er ist nicht einfach. Gestern
habe ich ihm mit der Peitsche einen leichten Schlag
gegeben. Er weigert sich manchmal. In der
Menschheit, in der er groß wurde, waren Männer
und Frauen gleichberechtigt.“

Rubina Fernandez sah ungläubig auf: „Kann man sich
gar nicht vorstellen!“

Luna Korhonen sprach: „Wir beide wissen, dass die Fähigkeiten von Männern und Frauen gleich sind."
Rubina Fernandez winkte ab und sagte: „Um noch mal auf das Thema zu kommen. Wir sollten das alte Schiff von damals noch einmal genauer untersuchen. Die zwei Leichen aus dem Schiff sollten wir obduzieren. Dazu brauchen wir sie ja nicht auftauen."
Luna Korhonen sprach: „Einverstanden. Sie sind immer noch im Bunker auf Konos. Treffen wir uns in drei Tagen dort."
Rubina Fernandez nickte: „Gut. Und was ist nun mit dem Mann?"
Luna Korhonen lachte: „Ich merke schon. Sie haben richtig Appetit bekommen. Nehmen Sie ihn mit!"
Rubina Fernandez lachte nun ebenfalls: „Danke. Also bis in drei Tagen."
Luna Korhonen nickte. Dann erhob sich Rubina Fernandez und verließ das Haus. Gabriel wurde in eine Kraftfeldwolke gehüllt und mitgenommen. Zu Hause angekommen wurde er in eine Kammer gesperrt. Nach wenigen Minuten kam ein älterer Mann zu ihm und sprach in barschen Ton: „Geh duschen. Und dann leg deine Kleidung ab und zieh dir dieses an!"
Er reichte Gabriel einen sehr leichten Mantel.
„Mehr nicht?" fragte Gabriel
„Nein. Nur diesen Mantel, keine Unterwäsche, keine Strümpfe, nichts weiter. Wenn du das erledigt hast, geh in das Zimmer rechts hinten am Ende des Flures!"

„Was soll das Ganze?" sprach Gabriel zornig.

„Ich würde dir raten, zu gehorchen. Die Herrin kann sehr grausam sein. Wer nicht tut was ihr gefällt, wird bestraft. Du wärest nicht der Erste, welcher in einem Bergwerk landet. Und dort ist das Leben sehr hart. Also gehorche!" sprach der Alte.

In Gabriel sträubte sich alles, aber schließlich tat er was ihm befohlen. Das Zimmer am Ende des Flures war in leichtem bläulichem Licht gehüllt. An der Decke glitzerte es. In der Mitte stand ein etwa zwei Meter großes rundes Bett. Von dort kam eine fordernde Frauenstimme: „Zieh dich aus und komm hierher."

15.

Corinna sah sich um. Sie ging gerade durch einen langen Gang. Alles war düster und etwas verschwommen. Wo befand sie sich? Hinter sich hörte sie Stimmen. Sie drehte sich um, sah aber nichts. Plötzlich ging eine Tür auf. Sie sah wie ein riesiges Insekt auf sie zukam. Sie wollte sich umdrehen, aber eine unbekannte Kraft hinderte sie daran. Dann sah sie Fred. Ein großes Insekt schnappte ihn gerade und zerrte ihn weg. Corinna wollte hinterher und ihn retten. Plötzlich tauchten weitere Insekten auf. Corinna schrie. Man zerrte sie auf eine harte Liege. Ein Insekt beugte sich über sie. Die

Zangen am Maul bohrten sich in ihre Brust. Corinna schrie verzweifelt und richtete sich auf. Dann wurde sie geschüttelt. Jemand rief ihren Namen. Plötzlich gab es einen Ruck und sie sah Otekah über sich.

„Was, was ist los? Wo bin ich" fragte Corinna.

„Ganz ruhig. Alles ist gut. Du hattest geträumt. Deine Schreie waren überall zu hören. Da bin ich schnell zu dir gekommen." sprach Otekah.

„Oh, war das ein schrecklicher Traum. Ich habe von Insektanern geträumt, wie sie meinen Fred entführen. Schrecklich." Corinna war noch ganz benommen. Es passierte immer mal wieder, dass sie von diesen Insektanern träumt. Die Ereignisse auf Kalpano vor ein paar Jahren brannten immer noch tief in ihrem Inneren. Und Fred vermisste sie sehr.

Saydala und Onatah stürmten nun herein. „Alles in Ordnung?" fragte Saydala.

„Ich habe nur schlecht geträumt. Ihr könnt beruhigt sein. Ich nehme jetzt eine Dusche, dann frühstücke ich und komme auf die Brücke." sagte Corinna.

Corinna stand auf. Saydala und Onatah verließen ihr Zimmer. Otekah sah noch einmal zu Corinna und verließ dann ebenfalls den Raum.

In der Kombüse saß gerade Onatah und nahm ihr Frühstück ein, als Corinna hereinkam. Corinna holte sich einen Kaffee und eine Notration und setzte sich zu Onatah.

Onatah fragte: „Alles wieder okay?"

Corinna nickte: „Ja, alles okay!"

Onatah schaute nachdenklich: „Ich mache mir die ganze Zeit Gedanken, warum das alles so passiert ist!"

Corinna stimmte zu: „Geht mir genauso. Irgendetwas muss in der Vergangenheit passiert sein. Wie konnte die Menschheit sich nur so entwickeln?"

Onatah meinte: „Die Antwort finden wir nur auf Elpis. Wir müssen versuchen, in ein Archiv zu gelangen!"

Corinna sprach: „Das sehe ich genauso. Wir sollten die Befari um Hilfe bitten. Auch müssen wir Pläne ausarbeiten, wie wir Samantha und Gabriel befreien!"

Onatah nickte. Als beide fertig mit essen waren, gingen sie auf die Brücke. Otekah und Saydala warteten schon.

Corinna fragte Otekah: „Alles in Ordnung? Irgendwelche Ereignisse?"

„Ein Schiff flog vom Mond Kala nach Elpis. Es war ein sehr kleines Schiff. Genaueres konnten unsere Scanner nicht erkennen!" antwortete Otekah.

„Funkverkehr gab es keinen!" meldete Saydala.

„Okay. Dann übernehmen Onatah und ich jetzt!" sprach Corinna.

„Dann wünschen wir euch einen ruhigen Dienst!" sagte Onatah.

Saydala und Otekah verließen nun die Brücke und gingen etwas essen und begaben sich anschließend in ihre Kabinen. Otekah wollte etwas lesen, sagte sie und Saydala wollte Musik hören. Sie hatte Gefallen gefunden und irdischer Musik. Die Musik der Erde war vielfältiger, als auf ihrem Heimatplaneten Mandoria. Besonders gefielen ihr Sinfonien aus dem 18. und 19. Jahrhundert. Auch Konzerte des Barock faszinierten sie. Es war für Saydala überwältigend, dass ein riesiges Orchester eine solche Kraft entwickeln konnte, mal dramatisch laut, mal sanft und leise. Auch Arien und Chöre fand sie sehr beeindruckend. Je nach Stimmung konnte sie sich stundenlang ein Konzert anhören. Heute hörte sie sich die Feuerwerksmusik von Georg Friedrich Händel an. Dazu sah sie sich ein gewaltiges Feuerwerk von der Erde an.

Otekah hingegen las gerade einen Roman über den legendären römischen Sklaven und Gladiator Spartacus. Dieses Buch fesselte sie sehr. Otekah wollte einfach mehr wissen über Sklaverei. Die Geschichte der Ureinwohner Amerikas kannte sie sehr gut, aber die Geschichte der europäischen Antike war ihr noch unbekannt.

Beim nächsten Schichtwechsel auf der Brücke bat Corinna alle noch zu einer kurzen Beratung in die Kombüse. Der Computer übernahm alle Funktionen der Brücke automatisch.

Corinna sprach zu den anderen: „Ich habe mir etwas überlegt. Wir wissen noch nicht, was die Befari uns an Karten und Unterlagen bringen. Deshalb sollten wir uns aufteilen."

Otekah sah überrascht auf: „Wie meinst du das, uns aufteilen?"

Corinna antwortete: „Na folgendermaßen. Onatah und Otekah studieren die Unterlagen, um das Archiv ausfindig zu machen. Saydala und ich machen einen Plan zur Befreiung von Samantha und Gabriel."

Onatah stimmte zu: „Okay!"

Saydala und Otekah nickten zustimmend.

Corinna: „Sobald wir mit den Plänen fertig sind, besprechen wir diese gemeinsam." Corinna stand auf und sagte: „Ich gehe nun was essen und dann lege ich mich aufs Ohr. Kommst du mit Onatah?"

„Ich gehe erst in den Fitnessraum. Danach gehe ich essen." sprach Onatah.

„Alles klar. Wir sehen uns zur nächsten Schicht. Ich denke, dass wir dann auch die erhofften Unterlagen von den Befari bekommen."

16.

Der Tag im Lager Kala war für Samantha sehr anstrengend. Zu essen gab es meistens nur einen Brei. Er war ziemlich geschmacklos. Dieser Brei machte einfach nur satt. Dazu gab es eine Tasse irgendwelchen Kräutertee. Nach dem Essen musste man in der Wäscherei arbeiten. Hier wurde die gesamte Wäsche aus den Damenhäusern von Elpis gewaschen. Wenn man ein Kleidungsstück beschädigt, wurde man mit Schlägen oder Essensentzug bestraft. Samantha beobachtete wie

eine Frau einen Träger von einem Nachtkleid abriss.
Die Wärterin sah dies und verprügelte die Frau
sadistisch. Eine andere Wächterin sah dabei zu und
achtete darauf, dass niemand der Gefangenen zu
Hilfe eilte.

Der Unterricht am Nachmittag und am Abend war
eintönig. Es wurde den Frauen ihre Rechte und
Pflichten eingebläut. Die meisten Frauen waren sehr
eifrig. Sie kannten das Leben der Frauen, aber sie
hatten sich ein Vergehen zu Schulden kommen
lassen. Da aber niemand wieder hier herkommen
wollte, taten sie alles was man von Ihnen verlangte.
Nur Vera und Samantha waren eine Ausnahme.
Samantha wollte hier weg und zu ihren Leuten auf
der Aminata und Vera war alles egal. Man hatte ihr
das Liebste genommen. Ihre geliebte Freundin wurde
vor ihren Augen ermordet. Es war einer Befari oder
einem Befar nicht erlaubt eine Menschenfrau zu
beleidigen, tätlich anzugreifen oder auch nur zu
widersprechen. Vera ihre Freundin hatte eine tiefe
Freundschaft und Liebe mit einer Menschenfrau. Das
war auf Elpis ein Verbrechen und wurde mit dem Tod
bestraft. Eine menschliche Frau durfte nur mit einem
menschlichen Mann oder einer menschlichen Frau
sexuellen Kontakt haben. Auch dabei war eine echte
Liebe oder Zuneigung nicht gestattet, wurde
allerdings nicht mit dem Tod bestraft. Es gab zu
wenige Männer auf Elpis.

Samantha saß mit Vera beim Essen und unterhielten
sich.

Samantha sagte leise: „Ich kann die Gesellschaft hier nicht verstehen. In meiner Zeit gab es keine Sklaven auf der Erde."

Vera sah Samantha an und sprach: „Das kann ich wiederrum nicht verstehen. Ich bin zwar wie alle hier schon auf Elpis geboren. Aber meine Großmutter war noch auf der Erde geboren und kam als Kind hierher. Ich weiß, dass es auf der Erde auch schon wie auf Elpis war. Es ist gottgewollt!"

Samantha sah Vera etwas entsetzt an und sprach: „Gottgewollt? Genau das verstehe ich nicht. Wie konnte sich die Menschheit derart entwickeln?"

Vera erläuterte: „Da kann ich dir leider keine Antwort geben. Aber ich denke eigentlich genauso wie du. Alle sollten gleichberechtigt zusammen leben dürfen. Ich glaube nicht, dass es einen Gott gibt, welcher das so will. Wenn es einen Gott gibt, dann liebt er sicher alle. Ich liebte eine Befari. Sie war für mich die beste und schönste Person, die ich kannte. Sie war für mich mein Ein und Alles. Man hat es mir genommen, und ich wurde gezwungen zuzuschauen. Das war für mich der schlimmste Augenblick meines Lebens." Vera fing an zu weinen.

Samantha strich ihr sanft mit Hand über den Kopf. Vera tat ihr leid. Aber auch sie kämpfte mit den Tränen. Sie hatte ihren John verloren.

Samantha sprach: „Ich glaube an keinen Gott. Ich respektiere aber Menschen, welche für sich an einen Gott glauben. Aber das ist eine andere Sache. Ich habe meinen Freund verloren. Er heißt John. Ich lebe mit ihm nun schon ein paar Jahre zusammen. Wir haben uns auf einer gemeinsamen Weltraummission zum Planeten Gaia im System Gliese 581 kennen gelernt. Ich liebe ihn über alles auf der Welt. Leider waren wir oft auf verschiedenen Missionen im Weltall unterwegs und waren also oft getrennt. Das tat unserer Liebe aber keinen Abbruch. Und nun werde ich ihn wahrscheinlich nie mehr wieder sehen.“

Vera schaute nun Samantha voller Mitleid an. Beide Frauen teilte das gleiche Schicksal. Sie haben das Teuerste verloren was sie hatten, ihre große Liebe.

Samantha holte tief Luft und sagte: „Für mich steht jedenfalls fest. Ich muss hier weg zu meinen Leuten. Ich kann mich den Verhältnissen auf Elpis nicht anpassen.“

Vera schüttelte den Kopf und sprach: „Ich weiß nicht was ich machen soll. Mein Leben ist für mich sinnlos geworden. Ich bin nun schon zum zweiten Mal hier. Es gab nur wenige Frauen bisher, denen das passiert ist. Die Meisten haben sich angepasst und leben nun ein vorbildliches Leben einer menschlichen Frau auf Elpis.“

„Was war denn passiert?“ wollte Samantha wissen.

Vera erklärte ihr: „Nachdem ich meine Pflicht erfüllte und mit einem Mann schlief, bekam ich auch prompt ein Kind. Danach hatte ich keine Lust mehr auf einen Mann. Ich wollte einfach keinen Sex mit einem Mann. Ich liebe nun mal Frauen. Mit einem Mann zu schlafen, gibt mir nichts. Das ist an sich auch kein

Problem. Es gab Frauen, die hatten auch lieber Sex mit einer anderen Frau als mit einem Mann. Man traf sich und hatte Spaß. Aber die Anderen hatten auch gelegentlich Sex mit einem Mann. Man sollte ja mehrere Kinder bekommen. Das ist auch die Pflicht einer Frau. Und ich wollte das nicht. Also wurde ich hierher gebracht, um mich wieder auf den rechten Weg zu bringen. Wie du siehst, hat es nicht geklappt."

Samantha wollte wissen: „Warum soll jede Frau mehrere Kinder bekommen? Ist das nicht jedem seine eigene Angelegenheit?"

Vera sprach: „Wir sind zu wenige. Ein großer Teil des Planeten ist noch nicht einmal erforscht. Deshalb muss jede Frau mindestens drei Kinder bekommen."

Samantha fragte: „Wie viele Befari gibt es?"

Vera antwortete: „Auch das wissen wir nicht genau. Außerhalb unserer zwei Städte gibt es ein paar bewachte landwirtschaftliche Güter. Insgesamt sind es etwa 200.000 Befari, welche bei uns leben. In den unerforschten Gebieten wissen wir es, wie gesagt, nicht."

Samantha fragte: „Habt ihr keine Angst, dass ihr mal überrannt werdet?"

„Es gab zwei höhere Kulturen von Befari. Die wurden bei unserer Besiedlung ausgelöscht. Der Rest der Befari lebt heute in Urwäldern auf dem Niveau der Steinzeit." war Vera ihre Antwort.

Samantha fragte darauf: „Und diese Resistenza?"

Vera schaute sich um und sprach leise: „Ein heikles
Thema. Die Resistenza will uns vernichten. Es ist
unseres Wissen eine kleine Gruppe von Befari. Es sind
primitive Verbrecher. Sie wollen unsere Ordnung
zerstören. Wir müssen Befari auch für ein paar
höhere Aufgaben ausbilden. Dadurch haben sie
gelernt, mit Technik und Waffen umzugehen. Einige
Menschen haben sich Ihnen angeschlossen. Vor allem
versklavte Männer sind bei Ihnen."
Samantha wollte wissen: „Und wie viele sind das?"
Vera antwortete: „So viel wie ich weiß, sind es etwa
dreißig Befari und zehn Männer. Es sollen sogar ein
paar Frauen dabei sein. Das weiß ich aber nicht so
genau. Ihre Ziele sind mir auch nicht bekannt. Es
heißt nur, dass sie Verbrecher sind. Aber ich bin mir
da nicht sicher."
Samantha sah Vera an und fragte: „Und was willst du
nun tun?"
Vera holte tief Luft: „Ich weiß es nicht. Eigentlich
habe ich keine Lust mehr, zu leben."
Samantha sah zu Vera: „Mach bloß keine
Dummheiten. Es lohnt sich immer zu leben."
Vera schaute Samantha mit großen verweinten
Augen an und winkte nur ab.

17.

Die Dienstzeiten auf dem Aminata waren so gelegt, dass man sich zweimal am Tag für je eine Stunde traf. Corinna und Onatah hatten Dienst von 0.00 Uhr bis 13.00 Uhr und Saydala und Otekah hatten Dienst von 12.00 Bis 01.00 Uhr. Man hatte also immer elf Stunden frei. Nur bei außergewöhnlichen Ereignissen sollten alle zusammen gerufen werden. Corinna wollte nicht zu oft dem Computer die Wache auf der Aminata überlassen. Trotz ausgefeilter und perfekter Technik war es immer noch üblich, dass ein Mensch das Kommando hatte. Nun war ein solches ungewöhnliches Ereignis. Ein schrilles Pfeifen weckte Corinna um 9.00 Uhr. Erschrocken nahm sie ihren Kommunikator in die Hand. Noch leicht im Tran ließ sie ihn auf den Boden fallen. Leise fluchend nahm sie ihn auf und meldete sich: „Was ist los?"

Otekah meldete sich: „Wir haben eine Meldung von den Befari bekommen. Sie übermitteln uns die gewünschten Unterlagen!"

„Okay, ich komme." antwortete Corinna.

Als Corinna auf die Brücke kam, waren die Unterlagen komplett übermittelt worden. Otekah hatte sie bereits auf den großen Bildschirm gelegt. Zu sehen war gerade ein Lageplan des Lagers auf dem Mond Kala.

„Sieht ziemlich klein aus!" bemerkte Otekah.

„Stimmt. Es gibt hier ein Hauptgebäude und nur zwei Nebengebäude." sprach Saydala.

„Wir müssen noch herausbekommen, wie viele Insassen dort sind und vor allem wie die Bewachung ist." meinte Corinna.

„Kann auch nicht so umwerfend sein." sagte Otekah.

„Du hast Recht. Zeig uns nun mal die Bilder von Elpis." sprach Corinna.

Auf dem Bildschirm erschien zunächst ein genauer Lageplan der Hauptstadt New Earth. Es waren die Straßen und Gebäude zu sehen. Einige Gebäude waren markiert mit unbekannten verschiedenen Zeichen.

„Otekah. Ruf bitte die Befari. Wir wollen wissen, was dies für Zeichen sind und was sie bedeuten." sprach Corinna.

Nach kurzer Zeit meldete Otekah, dass sie Capitano Loni kontaktiert hat.

„Leg sie auf den Schirm!" sagte Corinna.

„Guten Tag Corinna. Was kann ich für Sie tun?" fragte Loni.

„Zunächst vielen Dank für die Pläne. Allerdings können wir die Zeichen nicht lesen, mit welchen Gebäude und Straßen gekennzeichnet sind." sprach Corinna.

Loni hob kurz die Hände: „Oh, Verzeihung. Dann haben wir euch die falschen Pläne gesandt. Das sind unsere mit unseren Zeichen. Wir schicken euch die übersetzten Pläne. Habt Ihr Hologramm- Emitter?"

Corinna nickte: „Ja, wir haben einen."

Loni nickte ebenfalls: „Das ist gut. Die Pläne sind
nämlich holografisch. Einfach unten rechts
markieren. Dann habt ihr die Pläne als Hologramm!
Wenn ihr die einzelnen Gebäude im Inneren sehen
wollt, einfach antippen."

Corinna winkte zum Gruß und sagte kurz: „Vielen
Dank."

Capitano Loni verabschiedete sich. Inzwischen ist
auch Onatah aufgewacht und auf die Brücke
gekommen. Auf dem Bildschirm erschienen nun
Pläne in englischer Sprache. Otekah legte die Pläne
auf den Holotisch. Nun konnten sie alles genauer
betrachten. Vor ihnen breitete sich die Stadt wie ein
lebensechtes Modell aus. Man konnte durch die Stadt
wandeln und alles genau sehen.

Corinna erklärte: „Hier ist das Ratsgebäude. Der
große Sitzungssaal ist hier in der Mitte. Und drum
herum die Gemächer der Ratsfrauen. Interessant!"

Saydala fragte: „Ob man auch in ein Gemach
reinschauen kann?"

Corinna tippte auf ein Zimmer. Es tat sich nichts. Sie
tippte noch einmal. Wieder nichts.

Corinna sagte: „Geht leider nicht. So detailliert sind
die Pläne nun doch nicht."

Sie schauten sich nun die Häuser der Ratsfrauen an.
Man konnte genau sehen, wie viele Personen im
Haus lebten. Saydala zeigte ganz aufgeregt auf das
Haus der Ratsfrau Rubina Fernandez. Jetzt sahen es

alle. Dort stand, dass sich ein Gefangener im Haus befand.

Corinna rief: „Otekah. Ruf bitte noch einmal Loni!"

Ein paar Sekunden später erschien Loni.

„Wir haben bei der Ratsfrau Fernandez eine Kennzeichnung mit dem Hinweis auf einen Gefangenen gefunden. Was bedeutet das?" fragte Corinna.

Loni antwortete: „Das ist wahrscheinlich euer Mann."

Saydala war ganz aufgeregt: „Woher wisst ihr das?"

Loni sagte: „Wir haben einen Spion bei einer Ratsfrau. Er berichtete uns dies!"

„Bei welcher Ratsfrau?" wollte Corinna wissen.

Loni antwortete: „Luna Korhonen!"

Onatah fragte: „Können wir Details erfahren über jede einzelne Ratsfrau?"

Loni nickte und sprach: „Wir werden für euch ein paar Profile erstellen."

„Danke." Sagte Corinna.

18.

Für Gabriel war es eine schwere Zeit im Haus von Rubina Fernandez. Sie war eine sehr herrschsüchtige und launische Frau. Für jede Kleinigkeit verteilte sie Strafen. Auch ihre beiden Töchter beteiligten sich an den Strafen. Die Töchter waren beide noch sehr jung.

Die Ältere war zehn Jahre alt und die Jüngere sechs.
Beide hatten verschiedene Väter. Rubina Fernandez
war mit ihren 29 Jahren die zweitjüngste Ratsfrau.
Gabriel musste für sie das Haus betreuen, das heißt,
in erster Linie Hausarbeiten erledigen. Nachts musste
er oft das Bett mit ihr teilen. Als er sich einmal
weigerte, gab es Schläge. Gabriel erfuhr, dass einer
der Bediensteten erschossen wurde, weil er sich
wiederholt geweigert hatte, mit ihr zu schlafen.
Männer wurden normalerweise nicht getötet. Es gab
zu wenige. Aber dieser Mann weigerte sich generell.
Rubina Fernandez hatte dann kein Erbarmen. Eines
Tages erschien Ratsfrau Verena Smirnov bei Rubina
Fernandez.

„Seid willkommen teure Verena. Was führt Sie zu
mir?" Rubina Fernandez konnte Verena Smirnov nicht
besonders gut leiden. Rubina war mit ihren 29 Jahren
eine der jüngeren Ratsfrauen und Verena Smirnov
war schon 51. Die Jüngeren waren der Meinung, dass
die Älteren abtreten sollten.

„Ich möchte mich nur kurz mit Ihnen unterhalten!"
sprach Verena Smirnow kurz angebunden.

Rubina Fernandez wies auf einen Sessel und sprach:
„Setzen Sie sich. Darf ich Ihnen etwas anbieten? Ein
Glas Wein von meinem Weingut?"

Verena Smirnov nickte mit dem Kopf: „Das wäre sehr
nett."

Rubina Fernandez klatschte in die Hände. Gabriel
kam ins Zimmer. Er kannte Verena Smirnov noch

nicht. „Gabriel, bring uns einen Riesling und zwei Gläser, dazu etwas Gebäck.“

Gabriel nickte: „Sehr wohl.“ Er beeilte sich das Bestellte zu holen. Als er den Wein und das Gebäck brachte, musterte Verena Smirnov ihn aufmerksam. Gabriel bemerkte dies und verließ so schnell es ging wieder den Raum. Fernandez hatte dies ebenso bemerkt.

Rubina Fernandez schaute ihr Gegenüber an und sprach überhöflich: „Also liebste Verena. Was kann ich für Sie tun?“

Verena Smirnov lächelte dazu und sprach: „Ich möchte mich mit Ihnen über die Fremden unterhalten. Wir wissen, dass das fremde Schiff bei der Resistenza ist. Wie viele der Besatzung es sind wissen wir nicht. Ihre Geschichte mit der Vergangenheit könnte war sein. Wir haben die DNA der Frau gescannt. Sie kommen von der Erde. Nicht von einer anderen Kolonie im All. Es sind immerhin Millionen von der Erde ausgewandert. Und wir hier sind nur ein paar Tausend. Wenn sie die Resistenza unterstützen, könnte es trotzdem gefährlich werden.“

Rubina Fernandez winkte ab: „Ach die Resistenza. Eine Handvoll Feiglinge. Wie sollen die uns gefährlich werden. Sie haben kaum Schiffe und Waffen.“

Smirnov sagte mit fester Stimme: „Unterschätzen Sie sie nicht.“

Rubina Fernandez winkte abermals ab: „Die
Resistenza sind zu einem bewaffneten Kampf nicht in
der Lage. Sie wollen nur überleben. Wir sind Ihnen
haushoch überlegen.“

Verena Smirnov schüttelte den Kopf: „Noch. Die
Fremden wollen aber sicher ihre beiden Leute wieder
haben. Die geben sicher nicht auf.“

Rubina Fernandez sprach: „Ihre Technik ist so
altertümlich. Wenn die merken, dass wir ihnen
überlegen sind, geben sie auf.“

Verena Smirnov sah Rubina Fernandez an und sprach:
„Sie machen es sich zu einfach. Wir sind es zwar nicht
gewohnt zu kämpfen, aber wir sollten auf Alles
gefasst sein. Als unsere Vorfahren hier ankamen, gab
es nur ein paar primitive Eingeborene. Gegen die
hatten wir ein leichtes Spiel. Und die Resistenza? Die
sind nur eine Handvoll feige Strauchdiebe. Sie haben
uns zwei Raumschiffe gestohlen und ein paar Waffen.
Ärgerlich, aber nicht zu ändern. Jetzt haben wir eine
ganz andere Situation. Jetzt sind Leute bei ihnen,
welche schon in Kämpfe mit anderen Spezies
verwickelt waren. Die können und werden kämpfen.“

Rubina Fernandez fragte: „Was sollen wir Ihrer
Meinung nach machen?“

Verena Smirnov erklärte daraufhin: „Im Rat habe ich
noch nicht genug Stimmen. Ich meine, wir sollten ein
weiteres Raumschiff bauen. Wir können das. Pläne
haben wir, Ingenieurinnen auch. Wir brauchen
unsere automatischen Anlagen nur

umprogrammieren. Unsere Cybereinheiten erledigen das.“

Fernandez ließ nicht locker: „Und dann?“

Verena Smirnov erklärte weiter: „Dann räuchern wir die Resistenza aus. Nehmen alle gefangen. Die Frauen werden resozialisiert, die Männer versklavt und die Befari getötet.“

Rubina Fernandez meinte: „Wir könnten auch Verluste haben!“

Verena Smirnov nickte: „Unsere Cybereinheiten können bestimmt auch kämpfen. Ein neues Programm und schon können sie es.“

„Hm, sie könnten Recht haben.“ Meinte Rubina Fernandez nachdenklich.

Verena Smirnov sprach weiter: „In der nächsten Ratsdebatte werde ich diesen Vorschlag machen. Kann ich auf Ihre Unterstützung hoffen?“

Fernandez überlegte kurz: „In Ordnung. Meine Stimme haben Sie!“

Verena Smirnov nickte: „Das ist gut. Ach, bevor ich es vergesse. Frau Selina Scott gibt nächste Woche Dienstagabend ein Bankett. Kommen Sie doch mit!“

Rubina Fernandez sah zu Verena Smirnov: „Gern.“

Verena Smirnov lächelte: „Bringen Sie diesen jungen Mann mit. Wir werden etwas Spaß haben wollen!“

Rubina Fernandez lächelte zurück: „Sehr gern.“

Frau Verena Smirnov verabschiedete sich und ging. Rubina Fernandez rief Gabriel: „Gabriel, bereite mir

ein warmes Bad. Dann bereite mir ein gutes Mahl.
Danach kommst du in mein Schlafgemach.“

19.

Ein kleines Schiff holte Corinna und Onatah zu einer
Besprechung auf Fyta ab. Von den Befari waren dazu
Colonello Lynn O'Connor, Capitano Loni und Tenente
Raffael Gomez anwesend. Corinna hatte um diese
Unterredung gebeten.

Lynn O'Connor begrüßte sie: „Guten Tag. Sie baten
um eine Unterredung. Was können wir für Sie tun?“

Corinna antwortete: „Wir haben Ihre Unterlagen sehr
genau studiert. Wir sind der Ansicht, dass wir eine
gezielte Befreiungsaktion auf Kala starten können.
Wir würden alle Gefangenen befreien. Wer möchte,
kann sich Ihnen anschließen. Wer nicht, bleibt auf
Kala und wartet auf die Elpianer.“

Lynn O'Connor sah Corinna an und sprach: „Ihr seid
ziemlich mutig. Aber es ist nicht so einfach. Kala ist
auch bewacht.“

Loni gab zu bedenken: „Wir haben so etwas noch nie
gemacht. Auch sind wir nicht gut ausgerüstet.“

Onatah sagte daraufhin: „Ihr habt zwei Schiffe und
ausreichend Waffen. Das genügt.“

Lynn O'Connor schüttelte den Kopf: „Wir haben auch
keine Erfahrungen im direkten Kampf!“

Corinna entgegnete: „Das Überraschungsmoment ist auf unserer Seite. Sie rechnen nicht mit einem Angriff. Die Elpianer sind darauf gar nicht vorbereitet."

Raffael Gomez meinte: „Vielleicht ist es doch eine gute Idee. Ich habe es, ehrlich gesagt, satt, sich immer nur zu verkriechen. Ich denke wir sollten es tun und wir können es tun."

„Wie habt ihr euch das vorgestellt?" wollte Lynn O'Connor wissen.

Onatah erklärte es: „Ihr fliegt mit euren Schiffen zu eurer kleinen Station auf dem Dyomond Kylindros. Von uns werden Corinna und Otekah euch begleiten. Die Elpianer haben, wenn wir eure Unterlagen richtig interpretiert haben, keine Anlage beim Gasriesen Dyo. Ihre nächste Station ist eine sehr kleine beim Gasriesen Tria. Dieser befindet sich aber zurzeit auf der anderen Seite von Stella. Wir sind also auch da im Vorteil. Von dort geht es nach Kala. Bevor eine Verstärkung eintrifft, sind wir wieder weg."

„Wir fliegen also einfach hin, sagen 'Hallo', nehmen mit wer mitkommen will, und fliegen wieder weg?" sprach Loni sarkastisch.

Corinna nickte mit dem Kopf und sagte: „So in etwa. Die Elpianer haben nur wenige Wachen dort. Die überrumpeln wir leicht. Wir töten niemanden. Gewalt wird nur im Notfall angewendet."

Lynn O'Connor war immer noch skeptisch: „Wir haben so etwas noch nie gemacht. Nachdem die

Ersten geflohen waren, haben wir uns immer nur verteidigt. Selbst das kam sehr selten vor. Die Elpianer sind im Moment auch nicht in der Lage uns anzugreifen. Sie sind zwar bedeutend mehr, aber sie haben auch nur eine schwache militärische Ausrüstung. Sie begrenzen ihre Aktionen auch nur auf das Bewachen des Vorhandenen."

Corinna sprach erfreut: „Umso besser. Dann rechnen sie erst recht nicht mit unserem Erscheinen. Sie haben noch nicht einmal ein Schiff auf Kala. So können sie uns noch nicht einmal verfolgen."

„Ich habe eine Frage. Es sind von der Erde viele Millionen im Lauf von mehreren Generationen ausgewandert. Wieso sind hier nur so wenige und wo sind die Anderen?" wollte Onatah wissen.

Lynn O'Connor antwortete: „Man hatte sich damals entschlossen nicht hier zu siedeln. Bei der Erkundung von Welten, welche zur Besiedlung in Frage kommen, hatte man hier die primitive Kultur der Befari zunächst übersehen. Als man merkte, dass hier eine einheimische Kultur heranwuchs, entschloss man sich, wo anders zu siedeln. Nur ein Transport mit damals 1000 Menschen wollte unbedingt hier bleiben. Im Laufe der Zeit sind diese nun auf mehrere Tausend angewachsen. Um aber die Kontrolle über das ganze System zu haben, müssten sie viele mehr sein. Allerdings hatten sie mit der Produktion von Cybermenschen angefangen. Das sind Roboter mit zum Teil biologischen Komponenten. Diese begannen dann mit dem Aufbau einer Wirtschaft, das heißt Industrie, Bergbau und Landwirtschaft."

Corinna sah etwas erstaunt zu Lynn O'Connor und fragte: „Aber die anderen Siedler sind doch ebenso Sklavenhalter? Was unterscheidet sie von den Elpianer?"

Loni antwortete: „Man hatte Angst, dass die Befari sich eines Tages erheben würden. Deshalb siedelten sie in anderen Systemen. Das Aufbegehren der Befari ist nun auch geschehen. Wir sind hier in der Resistenza zwar nur wenige, aber es ist ein Anfang!"

Onatah wollte wissen: „Haben die Elpianer Kontakt zu anderen Kolonien?"

Lynn O'Connor antwortete ihr: „Nur sporadisch. Man hat es Ihnen übel genommen, dass sie hier auf Elpis siedelten."

Corinna verstand: „Also haben die Elpianer von anderen Menschen keine Hilfe zu erwarten?"

Lynn O'Connor sagte kurz: „Nein. Wahrscheinlich nicht. Die werden sagen, selbst Schuld. Wir haben euch gewarnt."

Corinna war sichtlich erfreut: „Ausgezeichnet. Das macht es für uns einfacher."

Lynn O'Connor stand auf und sprach: „Wir werden in unserem Rat darüber entscheiden. Ich werde dem Rat von unserer Unterredung und eurem Vorschlag berichten. Wir melden uns morgen und geben euch unsere Entscheidung bekannt."

Corinna hielt sie zurück: „Einen Moment bitte noch.
Wir haben noch einen Vorschlag!"

Lynn O'Connor setzte sich wieder: „Noch einen?
Reicht es nicht fürs erste?"

Corinna sagte daraufhin: „Wir denken nein, denn
wenn wir Kala überfallen haben, muss man damit
rechnen, dass es schwieriger wird für uns. Sie werden
noch wachsamer werden. Wir wollen mehr erfahren,
was auf der Erde passierte. Was ist schiefgelaufen?
Warum hat sich die Menschheit zu einer
Sklavenhaltergesellschaft entwickelt? Als wir von der
Erde aufbrachen war das nicht so!"

Lynn O'Connor strich sich mit der Hand über das Kinn:
„Hm, was schlagt ihr also vor?"

Corinna sah sie an und sprach: „Zwei von uns werden
in das Archiv auf Elpis eindringen und versuchen
Daten zu bekommen, welche unsere Frage
beantworten."

Loni kräuselte die Stirn: „Das Archiv wird ebenso
streng bewacht. Außerdem kommt man nicht einfach
hinein. Die DNA eines jeden Besuchers wird gescannt.
Man muss seine rechte Hand auf ein Scannerfeld
legen. Da kann man nicht so ohne weiteres
hineinmarschieren."

Onatah sagte zur ihr: „Das ist uns bewusst. Nur
menschliche Frauen haben dort Zugriff. Das ging
zumindest aus den Unterlagen hervor. Ich bin eine
menschliche Frau. Unter Euch sind doch auch
menschliche Frauen. Ein paar zumindest. Sie zum
Bespiel, Colonello."

Lynn O'Connor nickte und sprach: „Sie haben Recht. Ich bin aber viel zu bekannt auf Elpis. Man würde mich zum Beispiel sofort erkennen und verhaften. An Hand der DNA würde die Person erkannt werden."

Corinna sah sie skeptisch an: „Wir haben in den Unterlagen gelesen, dass es nicht schwer ist, dort hinein zu gelangen."

Lynn O'Connor schüttelte mit dem Kopf und sagte: „Irrtum. Jeder Frau ist es gestattet, dort hinein zu gehen und zu lesen. Aber die persönliche DNA muss stimmen. Wir müssen davon ausgehen, dass meine DNA, im System gelöscht wurde. Somit käme ich nicht hinein. Das ist ein Problem. Da es aber nur ziemlich wenige Frauen gibt, ist es ebenso schwierig. Die Meisten kennen sich untereinander. Und die Frauen bei uns sind als Überläufer bekannt. Und Ihr seid unbekannt. Man würde sich schon fragen, wer ihr seid. Man würde schnell feststellen, dass ihr keine Elpianerinnen seid."

Onatah meinte: „Das Risiko müssen wir auf uns nehmen. Ich werde gehen. Ich brauche nur eine Begleiterin, welche nicht auffällt. Dann werde auch ich nicht auffallen."

Lynn O'Connor versprach: „Gut. Wir werden auch darüber im Rat beraten. Vielleicht fällt uns noch etwas ein. Morgen werdet ihr auch darüber eine Entscheidung erhalten."

Corinna sagte: „Danke."

Die Befari verabschiedeten sich. Corinna und Onatah wurden wieder zurück auf die Aminata gebracht.

Einige Stunden später traf sich der Rat der Befari zu einer dringenden Sitzung. Die Crew der Aminata hat viel vor. Die Befari haben sich bisher darauf beschränkt den Elpianer aus dem Weg zu gehen. Man versteckte sich und wenn notwendig gab es nur Verteidigungsaktionen. Und die Elpianer hatten sich auch nur darauf beschränkt, die Befari weitestgehend in Ruhe zu lassen. Die materiellen Ressourcen ließen auf beiden Seiten nicht allzu viel zu. Das könnte sich nun grundlegend ändern.

In dem kleinen Beratungszimmer auf der Station Fyta traf sich nun der Rat. Lynn O'Connor gehörte zwar nicht dem Rat an, wurde aber zur Berichterstattung mit eingeladen. In kurzen knappen Worten erklärte sie den Mitgliedern des Rates, was die Crew der Aminata vorgeschlagen hat. Nach ihren Erläuterungen kam Bewegung in den Saal.

Raoul Sonora, verantwortlich für Versorgung, rief aufgeregt: „Seid ihr verrückt? So etwas haben wir noch nie gemacht. Ich kann nicht garantieren, dass wir entsprechende Mittel, Treibstoff und Waffen, zur Verfügung haben."

Menkapa, verantwortlich für Verteidigung: „Also ich bin für diesen Einsatz. Wir haben schon viel zu lange tatenlos dagesessen und zugeschaut."

Konstantin Miros, Naturwissenschaftler, meinte: „Ich finde den Vorschlag auch gut. Wir könnten im Archiv Dinge finden, welche für uns wichtig sind."

Fiona Mendoza, verantwortlich für Gesundheitsfragen, sagte: „Ich muss ebenso Bedenken anmelden. Es könnte zu schweren Verletzungen kommen. Wir haben nur eine kleine Ambulanz. Schwere Verletzungen können wir kaum behandeln."

Florina, welche alle Aktionen koordiniert, meinte: „Ich sehe das so, dass wir endlich etwas tun müssen. Alles stagniert. Wenn wir weitermachen wie bisher, wird die Situation auf Befar immer schlechter werden."

Solima, die Vorsitzende des Rates, nickte dazu und meinte: „Ich bin ebenso der Meinung, dass wir diese Aktionen durchführen sollten."

Eine Minute herrschte Schweigen. Raoul Sonora schüttelte nur den Kopf und sprach dann: „Ihr seid nicht recht gescheit. Wir werden scheitern. Dann könnt ihr die Resistenza vergessen."

„Narosa, du schweigst? Was sagst du als Geheimdienstexpertin?" fragte Solima.

Narosa schaute Solima an und antwortete: „Ich mache folgenden Vorschlag. Gebt mir ein paar Stunden Zeit. Ich hole mir ein paar Informationen von meinen Kontaktleuten auf Befar. Einverstanden?"

Alle Anwesenden waren damit einverstanden und die Versammlung wurde um fünf Stunden vertagt.

Unterdessen sprach auf der Aminata Corinna mit ihren Leuten noch einmal die Pläne durch. Natürlich wollte jede dabei sein, wenn es losgeht.

Corinna sprach: „Es kann nicht jede von uns dabei sein. Ich will das Schiff nicht allein lassen. Ich habe für euch folgenden Vorschlag: Es bleibt dabei, dass Onatah zusammen mit einer Frau der Resistenza in das Archiv geht und versucht so viele Daten wie möglich zu bekommen. Hier auf dem Schiff werden wir einen Vergleich mit unserem Archiv durchführen. So werden wir schnell herausfinden, was, wann, wo anders in der Geschichte der Erde verlaufen ist. Der zweite Vorschlag, Otekah und ich werden mit ein paar Befari nach Kala fliegen und die Gefangenen befreien. Saydala, ich weiß, dass du mit nach Elpis willst. Aber du bleibst an Bord. Du bist kein Mensch und fällst nur auf. Du bleibst an Bord und hältst zu uns Kontakt.“

Saydala nickte: „Ist in Ordnung!“

Auf Fyta traf sich erneut der Rat der Befari. Alle, bis auf Narosa und Lynn O'Connor waren anwesend. Die Stimmung war etwas gereizt. Als nach ein paar Minuten Narosa eintraf und Platz nahm stand Solima auf und nahm das Wort: „So, ich hoffe, ihr habt alle noch einmal nachgedacht. Narosa, bitte berichte uns. Was sagen deine Informanten?“

Narosa begann: „Es geht etwas Beunruhigendes auf Befar vor. In der Produktion von Maschinen für Bergwerk und Straßenbau werden

Umprogrammierungen vorgenommen. Mein Informant konnte nicht genau herausfinden, was genau umprogrammiert wird. Ich habe hier eine Skizze für eine neuartige Maschine. Ich habe sie erst vor ein paar Minuten erhalten. Ich kann also noch nicht sagen, um was es sich genau handelt. Aber die Umprogrammierung der Maschinen und Anlagen ist sehr ungewöhnlich. Irgendetwas haben die Elpianerinnen vor."

Narosa zeigte die Skizze allen auf dem großen Bildschirm. Schweigend betrachteten alle die Skizze.

„Es ist wirklich nur eine Skizze. Details sind leider nicht genau zu erkennen." Erläuterte Narosa noch.

Solima meinte: „Vielleicht sollten wir Kontakt zur Aminata aufnehmen. Sie sind zwar mit ihrer Technik der Unseren zurück, aber sie haben Kampferfahrungen. Außerdem sollte O'Connor dabei sein."

Solima ließ Lynn O'Connor und die Aminata rufen. Lynn O'Connor nahm am Konferenztisch Platz. Die Besatzung der Aminata wurde per Hologramm hinzugeschaltet. Nun saßen alle an einem Tisch. Alle betrachteten aufmerksam die Skizze. Jedes noch so geringe Detail kann aufschlussreich sein.

Menkapa sprach nachdenklich: „Könnte eine neue Waffe sein."

Florina wiegte ihren Kopf hin und her: „Das Ding ist gewaltig groß. Eine Waffe in der Größe?"

„Seht hier unten am rechten Rand sind viele Röhren und enden in diesem halbrunden Behälter, oder was Ähnliches." Lynn O'Connor zeigte auf die Karte.

Corinna seufzte: „Samantha würde jetzt mehr erkennen. Sie ist eine gute Technikerin."

Raoul Sonora rief: „Seht ihr? Wir wissen nichts. Wir sollen Aktionen durchführen und wissen nicht was uns erwartet. Ich halte es immer noch für ein viel zu gefährliches Unterfangen."

Otekah zeigte auf die Karte: „Wartet mal. Schau euch doch mal auf der Skizze dies halbrunde Etwas an. Darüber sind spiralförmige Verstrebungen. Das sind…, das sind Triebwerke!"

Solima fragte: „Triebwerke?"

Otekah nickte dazu und sprach: „Ja, das sind Triebwerke. Hier das Halbrunde ist ein Hohlspiegel. Die Spiralen sollen ein Gravitationsfeld erzeugen."

Corinna sagte zustimmend: „Genau. Ein Annihilationsspiegel und ein Feldgenerator für Warpantrieb."

Lynn O'Connor sprach entsetzt: „Die wollen ein Raumschiff bauen!"

Solima fragte: „Wozu brauchen die ein neues Raumschiff?"

Menkapa schien überzeugt: „Die wollen uns angreifen und auslöschen."

Raoul Sonora schüttelte den Kopf: „Das glaube ich nicht. Ihre Raumschiffe sind auch veraltet. Die sollen bestimmt nur erneuert werden."

Konstantin Miros stimmte dem zu: „Ich glaube auch, dass sie uns angreifen wollen."

Solima sprach: „Die Ankunft der Menschen von der Erde hat alles verändert."

Menkapa sagte: „Wir sollten jetzt erst recht die Aktionen durchführen!"

Raoul Sonora winkte ab und sprach: „Nein, das finde ich nicht. Es ist viel zu gefährlich. Außerdem kommen wir nicht in die Gebäude hinein."

Narosa sah zu Raoul und sagte: „Das stimmt nicht ganz Raoul. Ich habe die DNA von drei Frauen auf Elpis. Die könnten uns helfen, in die Gebäude zu kommen."

Menkapa fragte überrascht: „Wo hast du die her?"

Narosa lächelte: „Es gibt Elpianerinnen, welche uns wohlgesonnen sind aber nicht überlaufen. Eine dieser Frauen liebt einen ihrer Sklaven, eine Andere liebt eine Befarifrau. Sie leben sehr gefährlich. Mit Hilfe ihrer DNA werden wir in das Gebäude kommen."

Menkapa runzelte die Stirn: „Ihr Geheimdienstleute seid manchmal richtig unheimlich."

Konstantin Miros sagte: „Also ich finde, dass wir die Aktionen durchführen sollten."

Fiona Mendoza stimmte zu: „Das finde ich auch."

Solima nickte und sprach: „Stimmen wir also ab!"

Bei der Abstimmung waren nun alle, bis auf Raoul Sonora, für die Aktionen zur Befreiung der Gefangenen auf Kala und die Informationsbeschaffung im Zentralarchiv auf Befar.

Zunächst sollte allerdings ein Ablenkungsmanöver
gestartet werden.

20.

Lynn O'Connor war als Kommandantin des großen
Befari-Schiffes 'Futuro' eingesetzt worden. Sie soll das
Ablenkungsmanöver starten. Ihr Raumschiff nahm
Kurs zum Planeten Dyo. Die Resistenza hatte auf dem
kleinen Mond Kylindros eine sehr kleine Station. Es
gab in der Vergangenheit mehrere kleinere
Zusammenstöße mit den Elpianerinnen. Diese hatten
nämlich auf dem größeren Mond Kyklos ein Lager für
versklavte Männer. Auf Kyklos wurde Eisenerz
abgebaut. Der Planet Dyo befand sich auf seiner Bahn
im Moment weit abseits der Bahn von Befar. Die
Resistenza hoffte, dass die Elpianerinnen Verstärkung
zum Mond Kyklos schicken würde. Man würde
wertvolle Zeit gewinnen. Die Rechnung der Befari
ging auf. Kaum hatte sich die Futuro in Richtung Dyo
aufgemacht, da sandten die Elpianer ihr großes Schiff
'Sol' aus, mit dem Auftrag der Verstärkung ihres
Lagers auf Kyklos. Beobachterin war Julia Garcia vom
Regierungsrat von Elpis. Innerhalb des Systems Stella
flogen normalerweise alle Raumschiffe ohne
Warpantrieb. Der Weltraum war hier zu dicht. Zu
viele gravitative Einflüsse. Das Risiko war einfach zu
groß. Somit dauerten die Aktionen mehrere Stunden.
Kurz vor Dyo machte das Schiff Futuro halt.

Einhundert Tausend Kilometer vor der Futuro parkte das Schiff Sol der Elpianer. Die Kommandantin der Sol war Käpt'n Maria Wagner. Es sah ganz so aus, als würde man sich gegenseitig belauern. Was die Elpianer nicht bemerkten, war, dass das kleine Mannschaftsschiff 'Unita' der Resistenza in Richtung Elpis flog. Kommandantin der Unita war Capitano Loni. Alle drei Schiffe, die Aminata, die Futuro und die Unita standen in ständigen Kontakt. Die Tachyonenstrahlen waren so präzise, dass sie nicht abgehört werden konnte. Man müsste sich schon inmitten des Strahles befinden. Die Aminata flog scheinbar nicht in Richtung Elpis. Sie machte einen großen Bogen und flog auf einem Lagrange-Punkt genau gegenüber von Elpis. Dort können sie ohne Antrieb auf der gleichen Umlaufbahn bleiben.

Corinna meldete sich: „Wie es aussieht, haben sie unser Ablenkungsmanöver gefressen."

„Hätte ich nicht gedacht, dass das so einfach ist." stimmte Lynn O'Connor zu.

Loni meinte: „Die haben mit so etwas genauso wenig Erfahrungen, wie wir. Außerdem sind die so von sich überzeugt, dass sie gar nicht auf die Idee kommen, man könnte sie austricksen."

O'Connor nickte und sprach: „Man merkt eben doch, dass ihr auf der Aminata schon in Kämpfe derart verwickelt ward. Je länger sie hierbleiben, desto mehr Zeit haben wir für unsere Aktionen."

„Wollen wir hoffen, dass alles andere auch so gut klappt." sagte Corinna.

Lynn O'Connor winkte und sagte: „Hoffentlich. Viel Glück!"

Corinna lächelte und sagte: „Danke."

Ohne Zwischenfall mit einem kleinen Umweg zur Bahn von Dyo kamen die Aminata und die Unita auf der Bahn von Elpis an. Die Unita konnte auch auf einem Planeten oder Mond landen, die Aminata nicht. Onatah, Corinna und Otekah flogen mit dem Landungsschiff zur Unita. Saydala blieb auf der Aminata. Bei der Unita angekommen, stiegen Otekah und Corinna in die Unita, während die Ratsfrau Fiona Mendoza in das Landeschiff zu Onatah stieg. An Bord der Unita waren außerdem noch Sergente Sabrina Greco und drei Befari. Das Landeschiff der Aminata und die Unita bewegten sich nun vom Lagrange-Punkt L3, das heißt auf der gegenüberliegenden Seite von Stella, nach Elpis. Dort waren sie zunächst von Elpis aus nicht beobachtbar.

Auf Elpis verfolgte man alle Aktionen genau. Die kleinen Landeschiffe konnten sie nicht orten. Somit merkten sie nicht, dass die Unita zum Kala flog und das Landeschiff der Aminata nach Elpis.

Im Überwachungszentrum auf Elpis saßen die Vorsitzende Lydia Peroni, Rubina Fernandez und Verena Smirnov. Dazu saßen an den Instrumenten noch drei privilegierte Männer, James, Charlie und Ben. Alle verfolgten genau das Geschehen. Sie sahen ihr Schiff Sol und die Futuro. Auch alle Bewegungen der Aminata wurden verfolgt bis sie hinter der Stella verschwand. Die Unita sahen sie nicht. Da waren sie von Informationen der Sol abhängig.

Verena Smirnov sprach: „Was haben die vor?"

Ben antwortete: „Das Erdenschiff fliegt in Richtung Zentrum unseres Systems!"

„Das kleine Schiff der Resistenza ebenso." Fügte James hinzu.

Lydia Peroni fragte: „Könnt ihr nicht sehen, wohin genau?"

James antwortete: „Nein, Frau Peroni."

Ben meldete: „Das Erdenschiff dreht jetzt ab. Es fliegt jetzt in Richtung Dyo."

„Was wollen die wohl auf Dyo?" fragte Verena Smirnov.

„Geht es nicht ein bisschen genauer?" fragte Rubina Fernandez barsch.

Ben antwortete ängstlich: „Leider nicht. Sie bewegen sich auf der Bahn des Dyo. Aber noch weit weg von Dyo. Mehr sehe ich nicht."

Fernandez unbeherrscht: „Gib dir Mühe. So was Unfähiges. Kannst du nicht sehen, was die da machen?"

Ben antwortete unsicher: „Nein. Sie kommen auch bald außer Sicht. Sie liegen nun auf der anderen Seite von Stella."

Lydia Peroni drehte sich zu Rubina Fernandez und sprach ruhig: „Rubina, lassen Sie ihn. Sie sehen doch selbst was los ist."

Rubina Fernandez winkte ab: „Ach, was soll es."

Rubina Fernandez stand auf und verließ den Raum. Sie verstand nicht, was da passierte. Mit ihren 29 Jahren war sie zu jung. Sie wurde mit 21 in Rat berufen, war in einem wohlhabenden Haus aufgewachsen. Sie hatte von Kindheit an ihren eigenen Sklaven. Sie musste noch nie Verantwortung tragen. Sie war auch für ihre Grausamkeit bekannt. Ihr Verschleiß, gerade an männlichen Sklaven, war sehr hoch. Wenn einer sie nicht zufriedenstellt, musste er ins Bergwerk oder wurde getötet.

Auf der Brücke kam langsam Nervosität auf. Keiner wusste so richtig was passiert. Seit drei Generationen lebte man nun schon auf Elpis. Es gab, außer mit Eingeborenen, keine kriegerischen Auseinandersetzungen. Die herrschende Kaste fühlte sich sehr sicher. Man dachte, es geht immer so weiter. Diese totale Selbstüberschätzung führte nun zur Desorientierung. Sie konnten schon nicht verstehen, dass sich eine Widerstandsbewegung gebildet hat. Die Befari waren für sie nur primitive Werkzeuge. Und menschliche Überläufer konnten sie gar nicht begreifen.

Lydia Peroni starrte immer wieder auf die Monitore.

„Was haben die vor?" fragte sie.

Die Männer schwiegen. Sie hatten Angst, etwas falsch zu machen. Keiner wollte eine Strafe riskieren.

„Die zwei kleinen Schiffe befinden sich jetzt außerhalb unserer Scanner. Sie sind hinter der Stella." sprach Ben.

„Von dort können sie nicht viel unternehmen. Eigenartig das Ganze." meinte Verena Smirnov.

Sie saßen nun mehrere Stunden ohne dass irgendetwas passierte. Die Futuro stand weit draußen im Sonnensystem auf einer Parkbahn. Sie wurde von dem Elpianerschiff Sol belauert. Beide Schiffe waren etwa gleich stark bewaffnet. Deswegen trauten die Elpianerinnen auch nicht die Futuro anzugreifen. Den Verlust der Sol konnten sie sich nicht leisten.

Nach vier Stunden kam Rubina Fernandez wieder in die Zentrale. Sie sah etwas zerwühlt aus und atmete etwas schneller als normal. Lydia Peroni sah sie etwas erstaunt an.

Rubina Fernandez fragte: „Gibt es etwas Neues?"

Lydia Peroni antwortete: „Nein. Gar nichts. Wo waren Sie so lange?

Rubina Fernandez sagte: „Ich war im Swimmingpool."

Lydia Peroni sprach etwas verärgert: „So wie Sie aussehen bestimmt nicht allein. Es gibt jetzt bestimmt Wichtigeres, als sich einen Mann zur Entspannung zu nehmen."

Rubina Fernandez schaute sie grinsend an: „Neidisch? Mir war eben mal so. Die Diener sind dort recht ansprechend."

Lydia Peroni war sehr verärgert: „Sie sollten mich hier unterstützen."

Rubina Fernandez zuckte die Schultern und sprach: „Sie sagen selbst, dass es nichts Neues gibt. Also was soll es."

Sie saßen nun weitere zwei Stunden in der Zentrale ohne dass etwas passiert. Die Elpianer hatten nicht genug Satelliten zur Aufklärung, um das gesamte System zu überwachen. Am Rand des Stella-Systems hatten sie eine gute Überwachung. Sie wollten wissen, wenn etwas ihr System anflog. Aber innerhalb gab es kaum Satelliten. Für Elpis gab es ein paar Kommunikationssatelliten, dazu jeweils einer für die Monde. Sie waren einfach zu wenige, um eine effektivere Gesellschaft aufzubauen. Nun saßen zwei Ratsfrauen in der Zentrale und hatten kaum Informationen. Allmählich verloren sie die Geduld.

Rubina Fernandez rief ungeduldig: „Wie lange wollen wir hier noch herumsitzen. Ich bekomme langsam Hunger.“

Lydia Peroni schaute zu Fernandez und sagte: „Gut. Gehen wir etwas essen. Hier scheint vorläufig nichts zu passieren.“

Lydia Peroni und Rubina Fernandez standen auf und gingen zur Tür. Kurz bevor sie den Raum verließen rief Peroni den zwei Männer noch zu: „ Wenn es etwas wichtiges gibt, ruft uns! Verstanden?“

James antwortete verängstigt: „Sehr wohl Frau Peroni.“

Lydia Peroni sagte streng: „In zwei Stunden schicken wir euch eine Ablösung. Dann gibt es für Euch die Futterration.“

James, Ben und Charles nickten zustimmend. Die zwei Ratsfrauen verließen die Zentrale.

Die Aminata und die Unita flogen nun direkt auf der Umlaufbahn von Elpis, allerdings auf der anderen Seite der Stella. Sie hatten sich verabredet, dass man dort einen ganzen Tag ausharren wollte. Die Resistenza kannte die großen Lücken in der Überwachung der Elpianerinnen. Überläuferinnen berichteten, dass es nur wenige Satelliten gab.

Capitano Loni von der Unita rief Onatah auf der Aminata: „Hallo Onatah. Ein Tag ist vorbei. Wir haben uns hier besprochen und sind der Meinung, wir sollten loslegen."

Onatah antwortete: „Hallo. Fiona und ich denken das auch. Also, viel Glück."

Loni winkte und sagte: „Auch Euch, viel Glück."

Die beiden Schiffe Unita und Aminata flogen in einem sehr engen Kurs an der Stella vorbei in Richtung Elpis. Der Kurs war sehr riskant. Die hohe Gravitation der Stella und die starke Strahlung stellte ein großes Risiko dar. Auf der anderen Seite war man allerdings für die Überwachung von Elpis unsichtbar. Sie konnten sich so unbemerkt Elpis nähern. Kurz vor Elpis teilten sie sich. Die Unita flog zu Kala und die Landefähre der Aminata nach Elpis.

21.

Die Unita landete etwa drei Kilometer entfernt von
dem Lager auf Kala. Zu Fuß legten sie die Entfernung
zum Lager zurück. Corinna, Otekah und Loni hofften
auf das Überraschungsmoment. Noch ahnte niemand
in dem Lager, dass die Befreier sich näherten. Es war
dunkel, als sie ankamen. Im Lager war alles ruhig. Die
runden Kuppeln der Gebäude lagen dunkel vor ihnen.
Es gab nur zwei Eingänge. Ein Eingang befand sich in
der Mannschaftskuppel und ein Eingang im
Servicebereich. Die Insassen kamen aus ihrer Kuppel
nicht heraus. Diese war verbunden mit nur einem
Gang zur Mannschaftskuppel. Corinna und Loni
gingen zum Eingang der Mannschaftskuppel und
Otekah sicherte den Eingang zum Servicebereich. Das
Lager war für einen Angriff von außen nur wenig
gerüstet. Da die Insassen das Lager ohne
Raumanzüge nicht verlassen konnten und eigentlich
niemand von den Elpianerinnen über Raumschiffe
verfügen sollte, verzichtete man auf eine sichere
Überwachung. In den vergangenen Jahrzehnten hat
es nie einen Ausbruchsversuch oder einen Überfall
von außen gegeben. Die Resistenza hat sich bisher
auch nur auf die Aufnahme von selbst Geflüchteten
beschränkt. Und das geschah nie auf Kala, sondern
nur über die Befari in den unerforschten gebieten
von Elpis. Dort wurden diese von der Resistenza mit
sehr kleinen Landeschiffen abgeholt. Zu ängstlich
waren sie.

Auf ein Zeichen von Corinna schoss am Servicebereich Otekah eine Salve mit dem Lasergewehr. Das automatische Schloss gab sofort nach. Allerdings ging auch der Alarm los.

Otekah lief weg vom Eingang und suchte Schutz etwa zehn Meter entfernt hinter einem Felsen. Die Tür des Servicebereiches ging auf und vier Wächterinnen erschienen. Sie schauten sich vorsichtig um, konnten aber nichts Auffälliges entdecken. Otekah konnte sehen, dass sie sich unterhielten. Alle vier gingen um die Kuppel herum. Als sie mehrere Meter vom Eingang entfernt waren feuerte Otekah eine Lasersalve in die Richtung der Wächterinnen. Drei von ihnen gingen sofort zu Boden. Die vierte Wächterin schoss zurück. Otekah konnte gerade noch rechtzeitig den Kopf hinter dem Felsen verstecken. Ein großes Stück des Gesteins löste sich daraufhin. Von den drei liegenden Wächterinnen drehte sich eine um und schoss ebenso auf Otekah. Zwei der Getroffenen blieben allerdings leblos liegen. Zwei weitere Wächterinnen erschienen und schossen auch auf Otekah.

Corinna und Loni sahen, dass Otekah ziemlich in Schwierigkeiten kam. Corinna nickte Loni zu. Daraufhin Schoss Loni auf die Tür zum Mannschaftsquartier. Eine rote Leuchte blinkte über der Tür. Wieder ging ein Alarm los. Da aber fast alle verfügbaren Wächterinnen mit Otekah beschäftigt waren, konnte Corinna und Loni ziemlich unbehelligt in das Gebäude vordringen. Drinnen kam eine

uniformierte Frau entgegen und schoss auf sie.
Corinna schoss zurück und traf die Frau am Oberarm.
Die Frau schrie auf. Corinna nutzte diesen kurzen
Moment, um die Wächterin mit der Faust außer
Gefecht zu setzen. Zusammen mit Loni kam sie in die
Kuppel der Insassen. Dort hatte man die Unruhe
bemerkt.

Samantha versuchte unterdessen die Tür ihres
Zimmers aufzubekommen. Diese war allerdings fest
verschlossen. Mit einem Stuhl hämmerte sie
immerfort gegen die Tür. Die anderen Insassen
konnten mit der Situation allerdings nichts anfangen.
Jede kauerte sich in eine Ecke ihres Zimmers vor
Angst. Samantha gelang es schließlich die Tür ihres
Zimmers aufzubekommen. Nebenan befand sich das
Zimmer von Vera.

„Vera, ich bin es, Samantha. Es sieht so aus, als
würden wir befreit werden. Bleib von deiner Tür weg.
Ich versuche sie aufzubekommen." Samantha nahm
wieder einen Stuhl und schlug gegen den
Öffnungsmechanismus. Die Tür öffnete sich einen
Spalt. Samantha versuchte nun mit den Händen, die
Schiebetür aufzuziehen. Vera kam hinzu und half ihr
dabei. Schließlich bekamen sie die Tür auf. Sie gingen
beide auf den Gang und schlichen sich langsam bis
zur nächsten Biegung. Plötzlich gab es hinter ihnen
ein leichtes Geräusch. Eine Wächterin hatte sie beide
entdeckt und geschossen. Der Laserstrahl traf Vera
am Oberschenkel. Sie schrie auf und fiel hin.
Samantha duckte sich instinktiv. Ein zweiter Strahl

verfehlte sie. Vera stand mit Mühe auf und schrie zu Samantha: „Lauf, lauf. Rette dich." Die Wächterin drehte sich um, denn hinter ihr kamen Corinna und Loni. Samantha half Vera beim Aufstehen. Die Wächterin wollte sich umdrehen, da lief Vera mit letzter Kraft auf sie zu. Die Wächterin schoss daraufhin eine Salve auf Vera. Sie stürzte zu Boden. Corinna war inzwischen an der Biegung angelangt und schoss auf die Wächterin. Die stürzte ebenfalls zu Boden. Im Liegen schoss sie noch einmal auf Vera. Loni schoss auf die Wächterin, die daraufhin leblos am Boden liegen blieb. Samantha rannte zu Vera und sprach sie an: „Vera, bleib ruhig liegen. Wir werden dich gleich versorgen. Alles wird gut."

Vera antwortete nur mit großer Mühe: „Es ist zu spät. Ich werde nun meiner geliebten Sami folgen."

Samantha rief verzweifelt: „Nein halte durch."

Vera lächelte Samantha noch einmal zu und dann wurden ihre Augen starr. Samantha hielt Vera in ihren Armen und ihr war zum Heulen zu mute. Inzwischen waren auch Loni und Corinna bei ihnen. Dort wurden sie plötzlich wieder beschossen. Alle drei konnten sich gerade noch in das offene Zimmer retten.

Corinna sprach zu Loni: „Wir beide zugleich mit einem Dauerstrahl." Sie gingen an die Tür und schossen in Dauerfeuer gegen die Angreiferin.

Otekah beschäftigte unterdessen immer noch die Wächterinnen an der Tür zum Servicebereich. Dort bemerkte man nun, dass man inzwischen auch im

Inneren der Kuppeln kämpfte. Langsam begriffen sie, dass ihre Lage aussichtslos ist. Sie hatten den taktischen Fehler begangen, die Tür des Servicebereiches zu verteidigen ohne den anderen Eingang zu sichern. Dort kämpfte auf dem Boden liegend die Lagerleiterin Diana Taylor nun allein gegen Loni und Corinna. Sie begriff, dass sie keine Chance mehr hatte. Diana Taylor sah die tote Wächterin, stand auf, hob die Hände und warf die Waffe weg. Sie rief: „Ich ergebe mich!"

Corinna sprach Taylor an: „Wir sind die Resistenza. Befehlen Sie ihren Wächterinnen, dass sie sich ebenfalls ergeben sollen!"

Diana Taylor rief daraufhin ihren Untergebenen zu, dass sie sich ergeben sollen. Die Wächterinnen warfen daraufhin ihre Waffen weg und hoben die Hände. Otekah sammelte vorsichtig die Waffen auf und sprach: „Gehen Sie voran. Und kommen Sie auf keine dummen Gedanken." Zwei Frauen waren unverletzt. Die dritte war schwer am Bein verletzt. Sie wurde von den Anderen gestützt. Hinter ihnen lief, die Waffe im Anschlag, Otekah.

Corinna und Loni haben Diana Taylor inzwischen eine leichte elektronische Handfessel umgelegt. Als Otekah bei ihnen ankam, bekamen die Wächterinnen ebenso solche Fesseln. Corinna befahl der Lagerleiterin, alle Insassen freizulassen. Daraufhin wurden die Türen aller Zimmer der Insassen geöffnet.

Corinna rief laut: „Sie können alle herauskommen. Sie brauchen keine Angst zu haben. Ihnen geschieht nichts."

Ängstlich und zögerlich kamen die Insassen des Lagers auf den Gang. Ungläubig sahen sie sich um. Sie sahen die gefangenen Wächterin und die auch die gefesselte Lagerleiterin Diana Taylor. Die Meisten haben noch nie eine bewaffnete Befarifrau gesehen. Für sie waren Befari dumme, primitive Eingeborenen, welche als Sklaven den Elpianerinnen zu dienen haben.

Loni sprach die gefangenen Frauen an: „Ich bin Capitano Loni von der Resistenza. Ich gehe davon aus, dass sie von uns schon gehört haben. Ich versichere Ihnen, dass Ihnen kein Leid angetan wird. Wir garantieren Ihnen ihre Sicherheit. Wer von Ihnen mit uns kommen will, ist herzlich willkommen. Wer hier bleiben will, kann dies selbstverständlich. Aber bedenken Sie, dass sie hier weiter gefangen gehalten werden. Bei uns sind sie frei."

Die Frauen schauten sich unentschlossen an. Schließlich meldete sich eine Frau: „Ich bin Sigrid. Ich komme mit euch." Die anderen Frauen wollten allerdings dableiben. Man konnte an ihren Gesichtern sehen, dass sie zur Resistenza kein Vertrauen hatten. Für sie waren dies Abtrünnige, gar Verbrecher.

Corinna und Samantha sammelten alle Waffen ein. Samantha schaute noch einmal traurig auf Vera. Dann begaben sie sich zurück zur Landefähre. Die Wächterinnen und die Ratsfrau wurden ebenso

zurückgelassen. Für Gefangene hatte man schlicht
keinen Platz und Ressourcen.

Während des Gefechtes auf Kala konnte die
Lagerleiterin Diana Taylor noch einen Hilferuf nach
Elpis senden. Das Raumschiff Sol parkte in
Lauerposition vor der Futuro beim Mond Kyklos des
Planeten Dyo. Es nahm sofort Kurs auf Kala auf. Der
Flug dauerte allerdings mehrere Stunden. Die
Kommandoaktion auf Kala war dann längst beendet.
Die Aminata und die Futuro flogen ebenfalls in
Richtung der Bahn von Elpis. Das Raumschiff Sol hatte
nun den Auftrag erhalten auf Kala nach dem Rechten
zu schauen und gegebenenfalls militärisch
einzugreifen. Die Unita befand sich hingegen schon
längst auf den Rückflug zum Rendezvous mit der
Aminata.

22.

Während auf Kala gekämpft wurde, landeten Onatah
und Fiona unbemerkt zwei Kilometer vor New Earth.
Es war Nacht, und die Stadt strahlte eine große Ruhe
aus. Die Straßen waren leer. Es gab keine Kneipen
oder anderen Vergnügungseinrichtungen. Nur zwei
kleinere Clubs gab es. Dort konnte man ein kleines
Bisschen Spaß und Vergnügen haben. Die meisten
Elpianerinnen blieben meistens nachts zu Hause. Sie

hatten ihre Sklaven, mit denen sie sich zerstreuen konnten. Nur ab und zu ging man zur Abwechslung mal in einen Club. Manche Elpianerinnen trafen sich auch bei Freundinnen zu Hause. Dort hat man dann eine größere Auswahl für Vergnügungen, wenn man sich zu dritt oder zu viert traf. Nur wenige trafen sich, um zu diskutieren oder sich weiterzubilden.

Ohne Zwischenfälle kamen Onatah und Fiona auch in der Stadt an. Fiona kannte sich hier gut aus. Sie war hier aufgewachsen. Da die Stadt nicht sehr groß war, kamen sie schon nach zwanzig Minuten bei dem Zentralarchiv an. Fiona hatte eine Folie bei sich, auf welcher sich eine DNA-Probe befand. Mit deren Hilfe wollte man sich Zutritt zum Archiv verschaffen. Onatah und Fiona trugen lange Roben mit einer Kapuze. Somit konnten am Haupteingang die Kameras keine Gesichtserkennung durchführen. Sie hofften, dass die DNA-Probe genügen würde. Fiona legte die Folie auf den Scanner. Ein leises metallisches Klicken war zu hören. Die Schiebetür schob sich zur Seite. Onatah und Fiona traten ein. Sie betraten einen kleinen Raum. Fiona hatte einen Neurochip mit 100 Zettabyte Speicherkapazität dabei. In der Mitte des Raumes stand das Terminal des Zentralcomputers. Er hat alle Daten gespeichert. Hier kann man die gesamte Geschichte der Menschheit nachlesen. Onatah hatte es besonders auf Daten ab dem 19. Jahrhundert abgesehen. Der Nervo-Quanten-Computer arbeitete sehr schnell. Trotzdem dauerte es fünfundzwanzig Minuten mit der Speicherung der Daten auf dem Neurochip. Ein grünes Lämpchen auf dem Chip bedeutete ihnen, dass alle Daten heruntergeladen wurden. Onatah nahm den Chip zu sich. Fiona nickte ihr zu. Beide standen auf und begaben sich zur Ausgangstür. Fiona ging als erste hinaus. Als Onatah das Gebäude verlassen wollte ging plötzlich vor ihr blitzschnell eine Gittertür zu. Ein schrilles Alarmsignal ertönte. Erschrocken drehte sich Fiona um. Onatah nahm blitzschnell den Neurochip und schob ihn durch die Gitter Fiona zu.

„Hier, nimm den Chip und bring ihn auf das Schiff!" rief sie.

„Nein, ich lasse dich nicht allein." sprach Fiona.

„Die Daten sind zu wichtig. Schnell, verschwinde schon. Mir wird schon nichts passieren." sagte Onatah.

Fiona schaut noch einen kurzen Moment Onatah an und lief dann raus auf die Straße. Sie konnte gerade noch in eine Nebenstraße laufen, da hörte sie auch schon mehrere Fahrzeuge beim Archiv ankommen. So schnell sie konnte, lief Fiona zum Landeschiff. Sie hoffte nur, dass man es noch nicht gefunden hatte. Es ging auch alles gut. Sie startete das Schiff und flog zum Treffpunkt mit der Aminata.

Onatah saß im Archiv fest. Sie hörte, wir sich Schritte näherten. Vor der Gittertür erschienen fünf Frauen. Alle waren bewaffnet. Vier waren in Uniform. Die fünfte Frau mittleren Alters hatte ein leichtes,

goldschimmerndes Kleid an. Sie trat an die Gittertür heran und sprach Onatah an: „Wer sind Sie?"
Onatah schwieg. Die Frau schaute Onatah eigenartig aufmerksam an.
„Na schön. Wir werden Sie schon zum Reden bringen." sprach die Frau ruhig. Sie drückte einen kleinen Knopf und die Schiebetür öffnete sich.
„Frau Korhonen, was sollen wir mit ihr machen?" fragte eine uniformierte Frau.
Luna Korhonen überlegte kurz, schaute Onatah fast mütterlich an und sprach: „Bringt sie in mein Heim in das Arrestzimmer."

23.
Die Unita flog zum Rendezvous mit der Futuro und der Aminata zum Vulkanmond Seismos. Dort war man sicher. Seismos ist ein Mond des Planeten Tesseris und geprägt durch einen sehr starken Vulkanismus. Die Elpianerinnen waren nur einmal dort. Sie hatten kein Interesse an diesem Mond. Deshalb hat sich die Resistenza auch dort eine kleine Station gebaut. Sie ist aber nicht ständig besetzt. Nur im Notfall, etwa bei einer Havarie, wollte man dorthin ausweichen. Die Futuro und die Aminata flogen in einem weiten Bogen zur Ablenkung dorthin. Sie nahmen zunächst Kurs zum Planeten Dyo. Auf der Bahn des Dyo flogen sie entgegengesetzt der Bahn,

um dann abzudrehen zum Planeten Tesseris. Da das Raumschiff Sol der Elpianerinnen zum Mond Kala beordert wurde, kam es zu keinem Konflikt.

Auf der Station Seismos traf sich die Crew der Aminata mit Fiona Mendoza vom Rat der Resistenza, der Ratsvorsitzenden Solima, der Geheimdienstchefin Narosa und Capitano Loni. Menkapa war per Hologramm hinzu geschaltet.

Solima stand auf und sprach: „Ich begrüße Euch. Es ist schön, dass Samantha wieder frei ist. Leider kamen dabei drei Frauen ums Leben. Besonders bedauerlich ist der Tod dieser Insassin Vera. Fiona hat die Daten aus dem Archiv von Elpis. Das mit Onatah tut mir leid."

Samantha holte tief Luft und sagte: „Vera hat sich für mich geopfert. Das werde ich nie vergessen. Sie wurde in der kurzen Zeit zu einer echten Freundin." Samantha konnte nur mit Mühe die Tränen zurückhalten. Es ging ihr immer noch sehr nah.

Fiona Mendoza meinte: „Unsere Unternehmungen waren nur ein Teilerfolg. Onatah wurde gefangen. Ich hoffe, dass man ihr nichts antut."

Menkapa schüttelte den Kopf und sagte: „Normalerweise töten sie keine menschlichen Frauen."

Fiona sprach daraufhin: „Normalerweise! Aber Onatah ist kein normaler Fall. Der Überfall auf Kala hat die Elpianerinnen schwer getroffen."

„Ich werde versuchen herauszufinden, was mit
Onatah passiert ist und wo sie sich befindet." sprach
Narosa

Corinna rief: „Für mich hat jetzt die Befreiung von
Onatah und Gabriel höchste Priorität."

Saydala fragte: „Weiß den jemand, wo Gabriel ist?"

Narosa antwortete: „Ja, das wissen wir. Gabriel
befindet sich bei der Ratsfrau Rubina Fernandez. Sie
ist eine der jüngeren Ratsmitglieder. Sie gilt als
besonders grausam und vergnügungssüchtig. Ihr
Verschleiß an männlichen Sklaven ist sehr groß.
Schon mehrere wurden in ein Bergwerk verbannt. In
solchen Bergwerken schuften auch tausende Befari.
Bewacht werden sie von Cybermenschen und eben
auch einigen privilegierten Männern. Die
Lebensbedingungen sind dort sehr schlecht. Unfälle
sind an der Tagesordnung."

„Warum leisten die Männer keinen Widerstand?"
wollte Samantha wissen.

Solima erläuterte: „Sie werden schon als Kleinkinder
als Sklaven erzogen. Das war schon immer so. Schon
seit Jahrhunderten auf der Erde. Es wird ihnen
eingebläut, dass dies ihr Schicksal ist und sie sich
fügen müssen. Nur wenige begehren auf. Und die das
tun, landen im Bergwerk oder bei sehr groben
Verstößen werden sie auch mal getötet. Das kommt
nicht oft vor, aber ab und zu dann doch einmal. Ich
hoffe nur, dass die Elpianerinnen nach den Vorfällen
im Archiv und auf Kala ihre Wut nicht an Onatah und
Gabriel auslassen."

Bei den Worten von Solima schaute Saydala sehr betroffen von der einen zur anderen. Sie schwanke zwischen Zorn und unendlicher Traurigkeit.

Fiona klopfte mit der Hand auf den Tisch und sprach: „Wir werden sie befreien. Das versprechen wir euch."

Narosa sagte: „Ich habe schon Kontakt zu meinen Leuten auf Elpis aufgenommen."

„Sehr gut. Was ist nun mit den Daten aus dem Archiv?" sagte Corinna.

Fiona sagte: „Es ist eine unglaubliche Menge an Daten. Wie wollt ihr die alle einsehen?"

Otekah erklärte: „Das machen alles Computer. Das ist kein Problem."

Samantha schaute Solima an und sprach: „Wir brauchen zunächst einen Compiler zwischen unseren Computersystemen. Ich arbeite daran. Wenn wir diesen haben, können wir alle Daten vergleichen. Das übernimmt dann unsere Software. So werden wir sehen, wieso die Entwicklung auf der Erde eine solch gravierende Wendung nahm."

„Wie lange wird das dauern?" wollte Menkapa wissen.

Samantha antwortete: „Gebt mir ein paar Tage. Unser Bordcomputer ist schnell. Ich brauche nur eine Verbindung zu eurem besten Computer."

Solima nickte: „Das lässt sich machen. Unser leistungsfähigster Computer ist der Bordrechner der Futuro. Colonello Lynn O'Connor wird euch unterstützen."

Corinna sprach: „Gut. Samantha wird sich mit ihr in Verbindung setzen. Wir anderen werden inzwischen versuchen einen Plan zur Befreiung von Onatah und Gabriel auszuarbeiten.“

„Dann schlage ich vor, dass wir für heute Schluss machen. Wir brauchen alle etwas Ruhe.“ Schlug Solima vor.

„Okay. Das nächste Treffen kann auf der Aminata erfolgen. Ich kontaktiere Euch.“ sprach Corinna.

24.

Auf Elpis tagte der Regierungsrat. Es herrschte richtige Aufregung. Die Vorsitzende des Rates Lydia Peroni klopfte auf den Tisch und rief: „Beruhigen Sie sich, meine Damen, beruhigen Sie sich!“

Verena Smirnow rief: „Es ist ein unglaubliches Desaster!“

Selina Scott sprach aufgeregt: „Wir sollten unbedingt zurückschlagen!“

Laura Rossi entgegnete: „Womit denn? Wir sind gegenwärtig gar nicht in der Lage dazu!“

Rubina Fernandez fragte: „Wann ist unser neues Raumschiff fertig?“

Lydia Peroni antwortete: „In circa acht Wochen. Dann ein paar Testflüge. Also in zehn Wochen ist es einsatzbereit.“

„Wie ist es bewaffnet?“ wollte Verena Smirnov wissen.

Lydia Peroni sagte: „Es wird über sechs Laserkanonen verfügen. Außerdem Photonenbomben und Positronen-Torpedos.“

Rubina Fernandez fragte darauf: „Reicht das aus?“

Luna Korhonen antwortete: „Das wird reichen. Die Resistenza verfügt über keine solche Bewaffnung.“

Selina Scott rief aufgeregt: „Resistenza. Wenn ich das schon höre! Wir sollten sie auslöschen.“

Verena Smirnov meinte zustimmend: „Das finde ich auch. Wir waren bisher viel zu nachsichtig!“

Julia Garcia fragte zögerlich: „Hatten wir denn andere Möglichkeiten?“

Verena Smirnov forderte: „Wir sollten dann ein weiteres Schiff bauen. Wir müssen viel schlagkräftiger werden!“

Luna Korhonen schüttelte den Kopf und sprach: „Wir sind viel zu wenige Leute. Die Schiffe brauchen auch eine gute Besatzung! Und über Kampferfahrungen verfügt von uns auch keiner.“

Rubina Fernandez schaute in die Runde und fragte: „Was ist mit unseren Cybereinheiten? Schicken wir diese in den Kampf!“

Selina Scott nickte zustimmend: „Genau. Wir programmieren sie einfach um.“

Laura Rossi meinte: „So einfach ist das nicht. Wir haben auch nicht genug. Wir können sie nicht einfach irgendwo abziehen.“

Diana Taylor sprach: „Dann müssen wir neue produzieren.“

Luna Korhonen schüttelte abermals den Kopf: „Wir haben nicht genug genetisches Material.“

Selina Scott sagte: „Dann holen wir uns welches. In den Wäldern laufen genug von den Wilden herum. Wir fangen einfach so viele wie wir brauchen! Dann schlachten wir sie aus. Dann haben wir genug Material.“

Verena Smirnov stimmte zu: „Ausgezeichnete Idee.“

Lydia Peroni sprach langsam: „Gut. Das lässt sich machen. Ich stelle eine Truppe zusammen. Dann fangen wir ein paar Wilde und schlachten sie aus.“

Luna Korhonen gab zu Bedenken: „Ich finde, wir sollten vorsichtiger sein. Einen großen Krieg mit den Befari wird auch bei uns Opfer kosten.“

Verena Smirnow meinte: „Dann machen wir nur eine kleine Kommandoaktion. Aber wir müssen uns genetisches Material besorgen.“

„Eine andere Frage. Was machen wir mit unseren Gefangenen?“ fragte Laura Rossi.

Rubina Fernandez erklärte: „Der Mann ist ungefährlich. Er leistet mir gute Dienste. Die Frau? Tja, wir sollten sie töten!“

Selina Scott nickte: „Genau. Töten wir sie.“

Luna Korhonen winkte ab und sprach: „Nein, ich finde nicht, dass wir sie töten sollten. Wir haben noch nie eine Frau getötet.“

Diana Taylor sprach etwas verärgert: „Doch wir sollten sie töten. Die Andere haben wir am Leben gelassen. Und was passierte? Sie haben das Lager Kala überfallen. Zwei meiner Wächterinnen sind dabei ums Leben gekommen. Die Frau soll dafür bezahlen."

Luna Korhonen entgegnete: „Nein! Wir müssen sie verhören. Sie war bei der Resistenza. Sie hat viel gesehen. Vielleicht erfahren wir etwas Neues. Es ist wichtig, dass wir sie verhören. Bei mir ist sie in gutem Gewahrsam."

Laura Rossi stimmte zu: „Lassen wir Frau Korhonen die Gefangene verhören. Es ist sehr wichtig."

„Ich finde auch, dass wir zunächst diese Frau verhören sollten. Soraya, Sie haben bisher geschwiegen!" meinte Lydia Peroni.

Soraya Schiras sprach: „Mit dem Überfall auf Kala hat niemand gerechnet. Die Resistenza hat bisher immer nur Geflohene aufgenommen. Die Lage hat sich nun etwas geändert. Aber der Überfall auf unser Archiv hat gezeigt, dass unsere Überwachung in der Stadt funktioniert. Diese junge Frau ist bei Luna Korhonen sicher und in guten Händen. Sie sollte unbedingt verhört werden. Wir müssen erfahren, warum sie überhaupt in das Archiv eingedrungen sind. Das muss ja einen Grund haben."

Alle Ratsfrauen schauten etwas unschlüssig. Sie konnten sich offenbar keinen Reim darauf machen, warum der Überfall auf das Archiv überhaupt stattfand.

Lydia Peroni fragte: „Hat noch jemand etwas dazu zu sagen? Nein? Dann stimmen wir ab!"

Die Abstimmung ergab, dass fünf Frauen für ein Verhör sind. Drei waren dagegen, eine enthielt sich der Stimme. Außerdem wurde beschlossen, dass man ein weiteres Schiff baut und dass genetisches Material beschafft wird für weitere Cybereinheiten. Nur Luna Korhonen und Laura Rossi enthielten sich dabei der Stimme. Wenn alles bereit war, wollte man wieder debattieren.

Nach der heftigen Debatte gingen die Damen in den Speisesaal. Rubina Fernandez ging auf Luna Korhonen zu und sprach sie an: „Gratuliere. Sie haben sich weitgehend durchgesetzt. Können wir uns nach dem Essen treffen? Ich möchte etwas mit Ihnen besprechen."

„Gern. Kommen Sie zu mir?" sprach Luna Korhonen.

„Gut. Ich komme am Nachmittag zu Ihnen." sagte Rubina Fernandez und nickte Luna Korhonen kurz zu.

Luna Korhonen hatte nur ein kleines Haus. Die anderen Ratsfrauen hatten sehr große luxuriöse Häuser mit allen Annehmlichkeiten. Luna Korhonen hingegen lebte im Vergleich dazu sehr bescheiden. Sie hatte auch nur zwei Sklaven, eine Befarifrau als Haushälterin und Köchin und einen Befarimann als Handwerker und Gärtner. Sie war auch bekannt dafür, dass sie nur selten bestraft. Auch Schläge gab es kaum. Die beiden Sklaven waren schon viele Jahre bei ihr. Ab und zu bekam Luna Korhonen Besuch von einer Frau aus der Stadt. Nur einmal war ein Mann für ein paar Tage in ihrem Haus. Der wurde dann auch der Vater ihres Kindes. Sie bekam einen Sohn. Acht Wochen nach der Geburt kam der Sohn in eine Jungenanstalt und wurde dann zum Sklaven aufgezogen. Das war jetzt schon drei Jahre her. Sie hatte ihren Sohn seitdem nie wieder gesehen. Allerdings fiel ihr die Trennung nicht leicht. Aber sie wollte sich nicht gegen das System auflehnen und ließ es geschehen. Es ging allen Müttern von Söhnen so. Nur sehr selten gab es Probleme. Seit dem hatte sie nie wieder einen Mann. Sie hatte Angst, dass sie wieder einen Sohn gebar.

Am Nachmittag kam dann Rubina Fernandez zu Luna Korhonen. Als sie das Haus betrat sagte sie mit herablassender Stimme: „Ich finde Ihr Haus immer wieder beeindruckend. Es ist so schlicht und recht einfach."

Luna meinte: „Mir reicht es. Ich brauche keinen Luxus. Ich bin auch selten zu Hause. Ich bin lieber im Club. Außerdem widme ich mich meinen Hobbys."

Rubina lachte: „Ach ja, ich weiß. Sie wollen unbedingt eine astronomische Station aufbauen. Da gehen unsere Meinungen etwas auseinander. Aber jeder hat so seine kleine Macke."

Luna nickte: „Da haben Sie Recht. Setzen wir uns doch."

Luna ließ von ihrer Haushälterin Gebäck und Kaffee kommen. Dann schaute sie Rubina Fernandez fragend an.

Rubina schaute Luna mit wichtiger Miene an: „Ich wollte Sie unbedingt sprechen. Ich weiß, es ist ungewöhnlich. Aber die Ereignisse sind ja auch ungewöhnlich. Was halten Sie von unserer Debatte vorhin?"

Luna dachte 'Was will sie von mir? Wir sind so selten einer Meinung. Ich muss auf der Hut sein!'

Luna sagte: „Die Debatte? Sie war sehr hitzig. Aber wir sind zu einem, wie ich finde, guten Ergebnis gekommen."

Rubina schüttelte den Kopf: „Ich finde, dass der Rat zu unentschlossen handelt. Diese ganzen Debatten halten uns nur auf."

Luna fragte: „Wobei halten sie uns auf?"

Rubina sagte daraufhin: „Es geschieht alles so langsam. Was ist, wenn die Resistenza wieder zuschlägt? Wir sind auf nichts vorbereitet."

Luna meinte: „Ich glaube nicht, dass die Resistenza etwas plant. Die sind viel zu wenige."

Rubina nahm einen Schluck Kaffee und sagte: „Das stimmt zwar, sie sind etwa vierzig Befarifrauen und Befarimännern, dazu ein paar von unseren entlaufenen Männer und vier abtrünnige Frauen. Sie verfügen aber über zwei kleine Raumschiffe und etliche Waffen. Aber gefährlich sind sie trotzdem."

Luna widersprach: „Also, mit den paar Leuten können
sie uns nicht gefährlich werden."

Rubina schaute Luna an: „Unterschätzen Sie diese
Leute nicht. Wir sollten uns hüten. Aber dafür
müssten wir schneller handeln können."

„Wie meinen Sie das?" wollte Luna nun wissen.

Rubina holte tief Luft, nahm wieder einen Schluck
Kaffee und sprach: „Immer diese Debatten, dann
wird abgestimmt. Nicht immer sind wir uns einig. Das
hält uns auf. Bisher mag das richtig gewesen sein.
Aber die Lage hat sich geändert. Wir sollten eine
Institution schaffen, welche sofort eine Entscheidung
trifft!"

Luna runzelte die Stirn: „Was für eine Institution
meinen Sie?"

Rubina erläuterte: „Früher, sehr weit früher, gab es
auf der Erde Präsidenten und sogar sogenannte
Monarchen. Diese Leute konnten schnell und allein
Entscheidungen treffen. Es gab keine Debatten. Die
hatten Minister, von denen sie sich Ratschläge holten
und dann entschieden sie. Bei uns? Lydia ist so
unentschlossen. Das ist nicht gut."

Luna musste sich beherrschen: „Wissen Sie was Sie
da vorschlagen? Das wäre ein Staatsstreich! Haben
Sie schon mit anderen darüber gesprochen?"

Rubina sprach ruhig: „Verena, Selina, Julia und Diana
sind auf meiner Seite. Wir sind schon die Mehrheit.
Es wäre aber gut, wenn Sie auch mitmachen."

Luna runzelte erneut die Stirn: „Das ist Hochverrat!"

Rubina entgegnete: „Wir beide beschäftigen uns schon länger mit Hochverrat. Haben Sie das Raumschiff vergessen, welches wir gefunden haben? Nur wir wissen davon. Dieses Schiff kann uns helfen. Es hat eine unglaubliche Bewaffnung. Ich lasse gerade die gefundenen Leichen obduzieren. Wenn der Bericht da ist, werden wir viel erfahren. Diese toten Aliens sind zu ungewöhnlich."

Luna fragte: „Wie stellen Sie sich das Ganze vor?"

Rubina antwortete: „Bei der nächsten Debatte setzen wir Lydia Peroni ab. Ich werde die Leitung übernehmen. Selina, Verena, Julia, Diana und Sie werden meine Ministerinnen. Der Rat wird aufgelöst. Keine Bange, es wird den Anderen nichts geschehen. Sie werden nur auf Kala verbannt. Diana sorgt dafür. Ich habe schon eine kleine bewaffnete Einheit aufgestellt. Sie gehorchen mir. Diese entschlossenen Frauen werden mir helfen. Sie sehen, es gibt kein zurück. Machen Sie mit! Ich würde Sie nur ungern mit verbannen."

Luna überlegte: „Was macht Sie bei mir so sicher?"

Rubina lachte auf: „Ich könnt jeder Zeit alles abstreiten. Die anderen Frauen ebenfalls. Wir sind uns da einig. Und Sie? Sie kennen das gefundene Raumschiff. Ich könnte behaupten, dass Sie dies allein gefunden haben. Ich habe andere Frauen an meiner Seite. Was glauben Sie, wem man mehr trauen würde?"

Luna schluckte. Das war nackte Erpressung: „Lassen Sie mir etwas Zeit! Ich muss darüber nachdenken!"

Rubina meinte: „Warten Sie nicht zu lange! Ich werde Sie nächste Woche kontaktieren!"

Luna schaute sie an: „Gut."

Rubina lächelte nun und sagte ganz beiläufig: „Ach übrigens. Der junge Mann, den sie mir großzügig überließen, tut gute Dienste. Auch Selina und Verena sind sehr von ihm angetan. Wollen Sie ihn nicht auch mal probieren? Ich weiß, Sie stehen mehr auf Frauen. Aber Sie brauchen auch noch Nachwuchs. Sie haben erst einen Sohn. Sie sind 41 Jahre alt. Es wird langsam Zeit. Überlegen Sie es sich. Wenn Sie wollen, können Sie den Mann für ein paar Tage haben. Wollen Sie einen Anderen, auch kein Problem."

Luna nickte: „Ich lasse es Sie wissen."

Rubina nickte ebenfalls: „Ich muss jetzt gehen. Ich habe noch eine Verabredung mit Selina. Wir sehen uns in ein paar Tagen. Auf Wiedersehen."

Rubina Fernandez stand auf und verließ das Haus. Sie ließ eine sehr verunsicherte Luna Korhonen zurück.

Onatah lag auf einer Pritsche in einem geschlossenen Raum. Dieser Raum hatte keine Fenster. Beleuchtung gab es nur durch künstliches Licht. In dem Raum standen die Pritsche, dazu ein kleiner Tisch, eine Toilette und ein Waschbecken. Seit ihrer Gefangennahme hat sie keinen Menschen mehr gesehen oder gehört. Nur dreimal am Tag ging eine kleine Klappe an der Tür auf und ihr wurde das Essen und Trinken hineingeschoben. Wie viele Tage sie nun schon dort verharrte, wusste Onatah nicht. Sie hatte das Zeitgefühl verloren. Manchmal sang sie ein Lied. Ab und zu sprach sie mit sich selbst. So langsam befürchtete sie, den Verstand zu verlieren.

Sie ging wieder einmal im Zimmer auf und ab. Da gab es plötzlich ein leicht zischendes Geräusch. Es roch auch plötzlich sehr süßlich. Onatah musste etwas husten. Auch wurde ihr schwindlig. Alles begann sich um sie zu drehen. Dann setzte sie sich auf die Pritsche und wurde ohnmächtig.

Onatah erwachte auf einem Stuhl sitzend in einem anderen Raum. Ihre Arme waren auf dem Rücken gefesselt. Vor ihr stand ein Tisch mit einem Glas mit einer klaren Flüssigkeit. Hinter dem Tisch stand ein Stuhl. Der Raum hatte auch ein großes Fenster. Sie konnte sehen, dass es taghell war. An den Wänden hingen Landschaftsbilder.

Onatah hörte hinter sich ein leises schleifendes Geräusch. Offensichtlich ging die Tür auf. Sie hörte Schritte. Eine Frau ging um sie und den Tisch herum, legte eine Laserpistole auf den Tisch und setzte sich. Onatah wollte den Kopf etwas drehen. Dabei stöhnte sie leicht auf.

„Schmerzen?" fragte die Frau freundlich.

Onatah schwieg.

Die Frau sprach weiter: „Ich will mich nur mit Ihnen unterhalten. Ich bin Luna Korhonen. Ich bin Mitglied des Rates von Elpis. Wie ist Ihr Name?"

Onatah antwortete: „Mein Name ist Gefangene!"

Luna Korhonen lächelte: „Lassen Sie die Spielchen. Das bringt nichts. Also, wie heißen Sie?"

Onatah sah Luna Korhonen an und sagte: „Mein Name ist Onatah Black."

Luna Korhonen lächelte immer noch fast mütterlich: „Sehen Sie, es geht doch. Was wollten Sie hier auf Elpis?"

Onatah wollte sich etwas aufrichten. Sie verzerrte vor Schmerzen das Gesicht.

Luna Korhonen meinte: „Hören Sie. Wenn Sie mir versprechen, dass Sie keine Dummheiten machen, löse ich die Fesseln. Okay?"

Onatah nickte: „Okay!"

Luna Korhonen nahm die Laserpistole und ging hinter Onatah. Dann löste sie die Fesseln. Onatah nahm ihre Arme nach vorne und rieb sich die Handgelenke. Luna Korhonen ging wieder zu ihrem Platz, legte die Laserpistole auf den Tisch, allerdings nicht in Reichweite von Onatah, und setzte sich.

Luna Korhonen schaute Onatah an und fragte ruhig: „Besser? Möchten Sie etwas trinken?"

Onatah nickte. Luna Korhonen schob ihr das Glas zu. Onatah nahm vorsichtig einen Schluck. Es war klares Wasser.

Luna Korhonen sprach in ruhigem Ton zu Onatah: „Keine Angst. Ich will Sie nicht vergiften. Wenn ich Ihren Tod wollte, wären Sie schon tot. Also noch einmal. Was wollten Sie hier auf Elpis?"

Onatah antwortete: „Wir wollten Daten aus dem Archiv!"

Luna Korhonen fragte: „Was für Daten?"

Onatah sagte etwas zögerlich: „Daten vom 19. Jahrhundert der Erde bis heute!"

Luna Korhonen meinte: „Das ist eine riesige Menge an Daten. Wozu brauchen Sie diese Daten?"

Onatah antwortete: „Sie haben doch meine Kameradin schon verhört. Wir wollen wissen, was auf der Erde geschah. Die Entwicklung der Menschheit entspricht nicht unseren Kenntnissen."

Luna Korhonen sah Onatah ungläubig an: „Was heißt das?"

Onatah sprach: „Ich kann Ihnen nicht mehr sagen. Ich bin nicht auf der Erde geboren. Ich weiß nur, dass irgendetwas nicht stimmt."

Luna Korhonen fragte: „Wo sind die Daten jetzt? Ich habe bei Ihnen kein Speichermedium gefunden."

Onatah antwortete: „Ich war nicht allein. Die Daten dürften jetzt schon bei meinen Kameradinnen sein."

Luna Korhonen ließ nicht locker. Sie wurde nicht klug aus Onatah ihren Aussagen: „Was sollte an den Daten nicht stimmen?"

Onatah sagte etwas laut: „Ich sagte doch. Ich bin nicht auf der Erde geboren. Ich war nie dort. Sie kennen unsere Geschichte von meiner Kameradin. Ich kann Ihnen also nicht mehr sagen."

Luna Korhonen stand auf, nahm die Pistole, schaute noch mal kurz auf Onatah und machte die Tür auf.

Dort schaute sie sich in der Tür noch einmal um. Ein paar Sekunden überlegte sie etwas und ging dann in ihren kleinen Salon. Die Tür vom Verhörraum schloss sich.

Im Salon standen einige Regale mit Büchern. Es gab noch eine Mediaeinheit mit großem Bildschirm und eine Bar. Das Zimmer war hell mit vielen Grünpflanzen. Luna Korhonen setzte sich kurz. Dann stand sie auf und goss sich ein Glas Wasser ein. Sie setzte sich wieder. Ein paar Minuten saß sie so und grübelte. Es ging ihr vieles durch den Kopf. Die Situation, in der sie sich befand, war alles andere als einfach. Da waren die Erpressung durch Rubina Fernandez und der geplante Staatsstreich und da waren die Aussagen von Onatah. Sollte sie sich an dem Staatsstreich beteiligen? Ob Rubina Fernandez sie danach am Leben ließ, ist ungewiss. Sie kannte das aus der Geschichte. Mitwisser wurden schnell beseitigt. Und Onatah ihre Aussage, dass irgendetwas in der Geschichte nicht stimmte? Aber was? Luna Korhonen wusste sich keinen Reim darauf. Was sollte sie nur tun? Onatah war zwar ihre Gefangene, aber sie fand sie trotzdem sympathisch. Ja, sie gefiel ihr sogar. Luna wusste, wenn Rubina Fernandez erst einmal die alleinige Macht hatte, würde sie Einige beseitigen. Auch Onatah. Das konnte und wollte sie, Luna, nicht zulassen. Luna stand auf und ging hin und her. Sie rief ihre Haushälterin Somi, sie sollte ihr ein warmes Bad bereiten. Sie trank noch das Glas Wasser aus, entkleidete sich und ging ins Badezimmer.

Onatah war immer noch in dem Raum, in welchem sie verhört wurde. Aber sie war nicht mehr gefesselt. Onatah stand auf und ging zum Fenster. Einen Öffnungsmechanismus fand sie nicht. Sie sah hinaus. Vor dem Haus befand sich ein wunderschöner Garten. Sie war tief beeindruckt von den vielen Blüten und Grünpflanzen. In dem Garten standen große Bäume und auch kleine blühende Sträucher. Zwischen den vielen Pflanzen huschten ab und zu ein paar Vögel und Insekten. So etwas Schönes hatte Onatah noch nie gesehen. Sie wurde auf einem kahlen Planeten in Gefangenschaft geboren. Schon früh nahm man sie ihrer Mutter weg. Sie wuchs als Sklavin auf. Sie musste ihren verschiedenen Herren dienen und alles über sich ergehen lassen. Nach ihrer Flucht waren Raumstationen und Raumschiffe ihr Zuhause. Ihre Gefährten waren Diebe und Schmuggler. Zuletzt war sie allein im All unterwegs bis Samantha und Corinna sie fanden. Und nun war sie wieder gefangen. Aber irgendwie war es doch anders. Luna Korhonen war eine Frau mit einer warmen Stimme. Trotz, dass sie von ihr gefangen gehalten wurde, gefiel ihr diese Frau.

Plötzlich hörte sie hinter sich wieder das Schleifen der Tür. Onatah drehte sich um. Luna Korhonen stand mit der Pistole im Anschlag in der Tür. Onatah war erschrocken. Was würde jetzt passieren? Sie sah in Luna Korhonen ihr Gesicht und sah auf die Pistole. Würde Luna sie jetzt töten? Ein paar Sekunden,

welche Onatah unendlich lang vorkamen, standen
beide so da.

Dann sprach Luna Korhonen: „Wollen Sie hier raus?
Wollen Sie zu Ihren Kameradinnen?"

„Ja, natürlich." antwortete Onatah, immer noch auf
die Pistole starrend.

„Ich werde Ihnen helfen. Aber Sie müssen tun, was
ich sage. Vertrauen Sie mir!" sprach Luna Korhonen.

25.

Auf der Aminata saß die gesamte Crew außer
Samantha auf der Brücke. Normalerweise hätten jetzt
nur Saydala und Samantha Dienst. Corinna und
Otekah hätten jetzt frei. Samantha hatte trotzdem
alle auf die Brücke gebeten. Sie hatte tagelang am
Compiler gearbeitet. Als die Software stand, wurde
der Vergleich der Daten aus dem Schiffsspeicher mit
den Daten aus dem Archiv von Elpis gestartet. Es
würde wahrscheinlich einige Stunden dauern, ehe
der Computer etwas findet. Als der Computer etwas
fand, musste sie die Daten visuell überprüfen. Sie zog
sich dazu auf ihr Zimmer zurück. Eine ganze Nacht
saß sie über den Daten. Sie verglich und sortierte die
Ereignisse auf der Erde. Saydala hatte solange allein
Dienst auf der Brücke. Sie war mittlerweile dazu auch
fähig. Saydala beherrschte die Instrumente wie alle
anderen. Sollte etwas Unvorhergesehenes passieren,

würde sie Alarm auslösen und Corinna wäre sofort zur Stelle. Nun hatte Samantha auf die Brücke gebeten. Sie hatte offensichtlich etwas gefunden. Nun saßen sie da und warteten.

„Sie spannt uns ganz schön auf die Folter." meinte Otekah.

„Stimmt. Es muss schon etwas Gravierendes sein. Sonst würde sie es nicht so spannend machen."

Es dauerte noch eine halbe Stunde bis sie endlich kam. Als sie auf die Brücke kam, schauten sie alle erwartungsvoll an. Sie lächelte etwas süffisant und kostete diesen Augenblick aus.

„Schön, dass ihr alle da sei!" sagte Samantha.

„Du hast uns doch hierher gebeten!" sprach Otekah.

„Ach. Ehrlich? Na so was. Warum nur?" Samantha setzte nun ein breites Lächeln auf.

„Nun mach es nicht so spannend. Hast du nun etwas gefunden?" fragte Corinna schon etwas ungehalten.

Samantha wurde nun ernst. Sie setzte sich auf ihren Platz und betätigte ein paar Sensoren. Auf dem Bildschirm erschienen nun Daten.

Samantha sprach schließlich: „So. Ich habe tatsächlich etwas gefunden. Mehrmals habe ich alle Daten überprüft, welche der Computer mir geliefert hat. Es liegt nicht in unserer Zukunft. Es ist etwas in unserer Vergangenheit passiert!"

Otekah schaute etwas erstaunt und fragte: „Wie kann etwas in der Vergangenheit passieren?"

Corinna war ebenso überrascht: „In der
Vergangenheit? Jemand hat die Vergangenheit
verändert? Es gab eine Zeitreise in die
Vergangenheit?"
Samantha antwortete: „Es sieht so aus!"
„Was ist denn geändert worden?" wollte Corinna nun
wissen.
Samantha sprach: „Im 22. Jahrhundert gab es in der
zweiten Hälfte eine gigantische weltweite
Wirtschaftskrise, welche fast zum dritten Weltkrieg
führte. Zurückzuführen war diese auf die Klimakrise
und der Überbevölkerung. Ganze Landstriche hatten
kein Wasser mehr, die Regenwälder waren
verschwunden. Der Meeresspiegel war schon so
hoch, dass ganze Länder versunken waren. Es setzten
sich damals die vernünftigen Kräfte durch. Eine
internationale Gruppe von Naturwissenschaftlern
und Ökonomen wurden von der UNO beauftragt,
Gegenmaßnahmen einzuleiten. Ihr erinnert euch?
Das steht alles in unseren Geschichtsbüchern. So, und
nun kommt es. In den archivierten Dateien, welche
wir auf Elpis fanden, steht das nicht mehr so. Ich fand
heraus, dass die Gruppe Wissenschaftler auf
mysteriöse Weise ums Leben kamen. Eine Krankheit
brach aus. Festgestellt wurde, dass alle Mitglieder
dieses Gremiums und das Generalsekretariat der
UNO vergiftet wurden. Das Gift war eine gigantische
Menge von Wespengift. Jeder hatte so viel
Wespengift im Blut, dass er starb. Es müssen auch
höllische Schmerzen gewesen sein. Man konnte sich

das damals nicht erklären. Hunderttausende Wespen wären notwendig gewesen, um so viele Menschen so sterben zu lassen. Man kam damals zu dem Schluss, dass es ein Anschlag war. Misstrauen zwischen den Nationen kam wieder auf. Man beschuldigte sich gegenseitig, die Mitglieder des Gremiums ermordet zu haben. Schließlich kam es zu kriegerischen Auseinandersetzungen zwischen den Staaten. Es wuchs zu einem globalen Krieg. Natürlich wurde er mit Atomwaffen und schon vorhandenen Laserwaffen geführt. Zwei Milliarden Menschen starben direkt im Krieg. Weitere Fünf Milliarden an den atomaren Folgen. Ebenso wurde die Tier und Pflanzenwelt getroffen. Das sowieso schon knappe Trinkwasser war zum großen Teil radioaktiv verseucht. Nur sehr langsam erholte sich die Menschheit. Da durch die kriegerischen Handlungen mehr Männer als Frauen starben, übernahmen zunehmend Frauen die Macht. Es entwickelte sich ein Matriarchat. Männer wurden zunehmend unterdrückt. Es dauerte ein Jahrhundert, bis man anfing ein etwas normales Leben wieder aufzubauen. Aber die Unterdrückung der männlichen Bevölkerung wurde zunehmend zur Sklaverei. Man beschloss dann, alles zu tun, um auszuwandern. Dazu musste eine völlig neue Industrie aufgebaut werden. Ich kürze mal ab, man baute viele gigantische Raumschiffe, sandte Sonden zur Fernerkundung der Galaxie und wanderte dann schließlich aus. Alles Weitere wissen wir."

Als Samantha geendet hatte, lehnte sie sich in ihrem Stuhl zurück. Alle schwiegen. Zu unglaublich war das eben Gehörte. Minutenlang sprach keiner ein Wort. Corinna brach als erste das Schweigen: „Das ist unglaublich. Jemand hat die Vergangenheit verändert. Ich verstehe es immer noch nicht ganz. Wer könnte in die Vergangenheit gereist sein, hat dort die Gruppe von Wissenschaftlern ermordet mit einer ungeheuren Menge an Wespengift? Wo auch immer das herkam?"

Otekah winkte mit den Händen und fragte: „Ich verstehe das nicht. Wieso sind wir dann hier?"

Samantha antwortete: „Diese Zeitreise müsste nach unserem Start erfolgt sein."

Corinna nickte mit dem Kopf und sagte: „Genau. Das Wurmloch hat uns geschützt. Es fungiert wie ein Schutzschirm."

Samantha schüttelte den Kopf: „Nein, nicht das Wurmloch. Das weiße Loch. Das weiße Loch ist ein Schutzschirm gewesen. Dort wurden wir auch in die Zukunft katapultiert."

Otekah meinte: „Das bedeutet aber auch, dass jemand über genaue Kenntnisse der Erdgeschichte verfügt."

Corinna sah Samantha an und sprach: „Sam, erinnerst du dich an unsere allererste Reise zum Planeten Gaia bei Gliese 581? Wir wurden von Anfang bis Ende beobachtet. Es gibt also eine Spezies, welche unter allen Umständen versucht, die Menschheit zu vernichten. Wer könnte das sein?"

Wieder schwiegen alle. Man musste erst einmal das verdauen. Zu ungeheuerlich war es. Corinna richtete sich etwas auf.

„Es war Wespengift?" fragte sie noch einmal.

Samantha antwortete: „Ja, es war Wespengift!"

Corinna sah sie an und sprach: „Insektaner?"

Saydala fragte: „Wer sind Insektaner?"

Samantha erzählte von ihrem Irrflug ins Ungewisse durch das Wurmloch bei der Neptunbahn im heimischen Sonnensystem. Sie erzählte von den San auf Sandor, von Kalpano und wie sie schließlich die Insektaner, welche damals eine Invasion starteten, besiegt hatten. „Wir sind den Insektanern schon zweimal in die Quere gekommen. Deswegen wollen sie die Menschheit vernichten!"

Corinna sprach: „Darüber muss ich erst einmal eine Runde schlafen. Aber vorher gehe ich was essen. Kommt jemand mit?"

„Geht nur. Ich komme hier auch allein zurecht. Wenn etwas passiert, melde ich mich." Sagte Saydala Corinna, Samantha und Otekah gingen zusammen in die Kombüse. Das Essen nahmen sie sehr schweigsam ein.

26.

Die Stadt New Earth schlief noch. Nur an einigen wenigen Stellen wurde bereits gearbeitet. Im Hause von Luna Korhonen war man schon wach. Luna Korhonen pflegte immer sehr früh aufzustehen. Sie nahm früh als erstes ein Bad und frühstückte dann ausgiebig. Allerdings wurde bei ihr auf gesunde Ernährung geachtet. Da sie meistens allein war, hörte sie nebenbei Musik. Seit kurzem war dies anders. Luna Korhonen frühstückte und aß zu Abend nun zusammen mit Onatah. Sie war zwar immer noch ihre Gefangene, aber sie hatte viele Freiheiten. Sie konnte sich im Haus frei bewegen. Nur nach draußen sollte sie nicht gehen. Es könnte sein, dass andere sie sehen. Luna Korhonen könnte dann Schwierigkeiten bekommen. Nach dem Überfall auf Kala war der Regierungsrat vorsichtig geworden. Man war sich noch nicht einig, was mit Onatah und mit Gabriel passieren sollte.

Eines Morgens saßen Luna und Onatah wieder beim Frühstück. Sie saßen direkt nebeneinander. Plötzlich wurde Luna ernst.

Onatah fragte sie: „Was ist? Sie schauen so besorgt!"

Luna sprach zögerlich: „Man hat im Rat wieder über euch diskutiert. Die Stimmen gegen euch werden immer lauter. Ich kann sie kaum noch besänftigen. Aber ich werde nicht zulassen, dass euch etwas geschieht."

Onatah fragte: „Und was soll jetzt werden?"

Luna antwortete: „Ich könnte Sie einfach in die Wälder schicken. Über meine bediensteten Befari könnte ich Kontakt herstellen. Wir Menschen sind dort nicht gern gesehen. Wir gehen oft auf Sklavenjagd. Leider gibt es immer mehr unter uns, die das nicht nur tun, um neue Diener und Arbeiter zu bekommen. Für viele junge Mädchen bei uns ist es zum Sport geworden. Sie gehen auf Jagd einfach so zum Spaß. Ich finde das furchtbar. Meine zwei Befari stehen ziemlich loyal zu mir. Ich behandele sie gut. Sie könnten mir helfen, Sie in Sicherheit zu bringen."

„Was geschieht dann mit Gabriel?" wollte Onatah wissen

Luna nickte mit dem Kopf und sagte: „Ach ja, euer Mann. Männer sind bei euch gleichberechtigt. Der wäre natürlich hochgradig gefährdet. Wenn du verschwindest, würde man die Wut an ihm auslassen. Rubina Fernandez ist sehr grausam."

Onatah ah Luna besorgt an: „Ihm darf nichts geschehen. Zu unserer Crew gehört eine Mandorianerin Saydala. Sie liebt Gabriel. Es würde ihr das Herz brechen."

Luna schaute Onatah an und sagte: „Ich werde mir was einfallen lassen. Rubina Fernandez drängt schon lange darauf, dass ich mehr Nachwuchs bekomme. Ich habe erst den einen Sohn. Er muss jetzt acht Jahre alt sein. Aber es ist so üblich, dass wir Frauen drei Kinder gebären. Ich bin jetzt 41 Jahre alt und langsam biologisch zu alt für Kinder. Deshalb drängelt man im Rat. Ich könnte mir Gabriel ausborgen. Rubina würde ihn mir für ein paar Tage überlassen. Wenn er dann hier ist, könnte ich für euch eine Fluchtmöglichkeit besorgen."

Onatah sah Luna entsetzt an: „Wie? Sie würden mit ihm schlafen, nur um ein Kind von ihm zu bekommen?"

Luna nickte zustimmend: „So ist das mit Männern bei uns üblich. Mit Sicherheit hat Rubina ihn dahingehend schon benutzt. Allerdings stehe ich nicht so sehr auf Männer. Deshalb habe ich auch nur ein Kind. Aber ich muss wohl noch Kinder bekommen. Meine Stellung im Rat hängt davon ab."

Onatah schüttelte den Kopf: „Das ist furchtbar. Gabriel würde da nicht mitmachen."

Luna sprach daraufhin: „Er wird nicht gefragt. Rubina befiehlt. Wenn er nicht gehorcht, wird er entweder ins Bergwerk verbannt oder getötet. Er hat gar keine Wahl."

Onatah holte tief Luft und sprach: „Oh, was ist das nur für eine Gesellschaft. Allerdings ging es mir früher nicht anders."

Onatah erzählte Luna ihre Lebensgeschichte. Von ihrer Mutter, welche jetzt zur Crew der Aminata gehört, von ihrem Leben als Sexsklavin, aber auch von ihrer Flucht. Männer hatten ihr sehr viel Leid angetan. Luna Korhonen hörte aufmerksam zu. Onatah stieg in ihrem Ansehen immer mehr. Diese junge Frau hatte so viel durchgemacht in ihrem Leben. Onatah schaute aus dem Fenster. Man sah ihr an, dass sie eigentlich sehr verzweifelt und traurig ist. Luna schaute sie an und strich ihr mit der Hand übers Haar. Onatah sah Luna überrascht an.

„Hab keine Angst. Wir schaffen das schon." sprach Luna und nahm Onatah in den Arm. Dann sah sie Onatah ins Gesicht. Plötzlich küsste Luna Onatah und diese lies es geschehen. Beide waren nun wie in Trance. Die folgende Nacht werden beide nie wieder vergessen.

Am nächsten Morgen saßen Onatah und Luna beim Frühstück. Onatah sah Luna an uns sprach: „Was soll nun werden?"

Luna sagte: „Ich weiß es nicht. Es ist schwierig. Ich habe mich in dich verliebt. Das macht alles noch viel komplizierter."

Onatah nickte: „Ja, es wird immer komplizierter. Wir lieben uns. Ein Gefangene und ihre Herrin."

Luna nahm Onatah ihre Hand: „Sag so etwas nicht. Ich bin nicht deine Herrin. Aber es ist wirklich kompliziert. Ich muss dem Rat Bericht erstatten. Sie sind sowieso schon misstrauisch. Ich werde ihnen zunächst sagen, dass die Verhöre mit dir Fortschritte machen. Aber wir müssen uns etwas einfallen lassen."

Onatah sprach: „Wie müssen Gabriel von der Fernandez rausholen!"

Luna nickte: „Ja, sicher. Aber das ist das geringste Problem. Ich muss nur sagen, dass ich ihn für ein paar

Tage haben will. Rubina Fernandez wird erfreut sein. Sie wird denken, dass ich vernünftig werde."

Onatah sah Luna an und fragte: „Und dann? Schläfst du dann mit ihm?"

Luna lächelte: „Nein."

Onatah meinte dann: „Dann muss er nach ein paar Tagen wieder zurück."

Luna sprach: „Das stimmt. Aber mir kommt da ein Gedanke! Was wäre, wenn wir Kontakt zu deinen Leuten aufnehmen?"

Onatah fragte: „Wie soll das gehen?"

Luna wiegte den Kopf hin und her und sprach: „Wir haben etwas außerhalb der Stadt unsere Kommunikationsanlage. Dort steht ein großer Emitter. Ich werde dorthin gehen und unter einem Vorwand mit deinem Schiff Kontakt aufnehmen."

Onatah fragte: „Wird man da nicht misstrauisch werden?"

Luna antwortete: „Dort arbeitet nur eine Frau. Die Leiterin kenn ich sehr gut. Sie kommt öfters zu mir. Wir hatten auch mal ein Verhältnis. Die anderen sind ein paar privilegierte Männer und ein paar Befari."

Onatah sah Luna in die Augen: „Du hattest ein Verhältnis mit ihr?"

Luna lächelte erneut: „Ja. Das ist aber lange her. Du bist doch nicht etwa eifersüchtig?"

Onatah war nun etwas verlegen: „Nein. Aber, ich kenne diese Frau nicht. Und du bist die schönste Frau der Welt."

Luna lachte: „Oh Gott. Danke für das Kompliment.
Aber du brauchst keine Angst zu haben. Ich liebe dich
und nur dich. Das mit der Frau ist wirklich lange her.
Aber ab und zu besuchen wir uns noch. Allerdings
darf sie von meinem Vorhaben nichts wissen. Aber
ich schaffe das schon. Ich werde ihr noch heute einen
Besuch abstatten."
Onatah meinte: „Sei nur vorsichtig!"
Luna: „Keine Sorge!" Sie sah Onatah an, gab ihr einen
Kuss, stand auf und ging.

27.
Auf der Aminata hatten gerade Samantha und
Saydala Dienst. Saydala saß wie immer an den
Scannern, während Samantha auf den Bildschirm
starrte. Dort sah man nur die endlose Weite des
Weltalls. Vor ihnen lag der Mond Fyta. Bald würde
Tesseris aufgehen. Dieser Planet erinnerte etwas an
den Jupiter. Er war im Durchmesser etwa 200.000
Kilometer groß. Er strahlte mehr Energie ab, als er
von der Stella empfing. Deshalb konnte auf dem
Mond Fyta auch Leben existieren. Samantha streckte
sich gerade genüsslich und deutlich hörbar in ihrem
Sessel, als ein Sensor aufleuchtete.
Saydala rief: „Jemand versucht uns zu kontaktieren!"
Samantha befahl: „Leg es auf den großen Schirm!"

Auf dem großen Bildschirm erschien eine Frau. Sie
rief: „Hallo, ich rufe das Raumschiff Aminata."
Samantha antwortete: „Hallo, hier ist die Aminata.
Wer sind sie und was können wir für sie tun?"
„Ich bin Luna Korhonen, Mitglied des Rates von Elpis.
Ich möchte mit ihrer Kommandantin Corinna Mumba
sprechen!"
Samantha sprach: „Sie schläft. Mein Name ist
Samantha Brown. Kann ich etwas für Sie tun?"
Luna Korhonen: „Ich muss Corinna Mumba sprechen.
Es ist dringend. Ich habe nicht viel Zeit. Ich möchte
Ihnen Grüße von Onatah übermitteln."
Saydala und Samantha sahen sich an. Samantha löste
den Alarmknopf aus. Nun wurde Corinna gerufen.
Nach zwei Minuten erschien Corinna, noch etwas
verschlafen, auf der Brücke.
Samantha sagte: „Hier will dich unbedingt jemand
sprechen!"
Corinna sah zum Monitor und sprach: „Guten Tag,
oder guten Abend. Ich bin Corinna Mumba. Was kann
ich für Sie tun?"
„Ich bin Luna Korhonen. Ich bin Mitglied des Rates
von Elpis. Ich soll Ihnen herzliche Grüße von Onatah
ausrichten. Ihr geht es gut."
Corinna fragte: „Können wir mit ihr sprechen?"
Luna schüttelte den Kopf: „Nein. Das geht leider
nicht. Hören Sie. Mein Gespräch mit Ihnen ist nicht
durch den Rat autorisiert. Ich rufe aus eigenem
Antrieb an. Ich mache Ihnen einen Vorschlag. Sie

möchten Onatah und Gabriel wieder haben. Ich kann dies ermöglichen. Wir drei, Onatah, Gabriel und ich werden uns in die Berge zu den Befari begeben. Danach können wir nicht wieder nach New Earth zurück. Man würde uns umbringen. Ich werde einen kleinen Emitter bei mir haben. Über diesen Emitter werden wir Kontakt haben. Ihre Aufgabe wird sein, uns von Elpis unbemerkt weg zu bringen. Schaffen Sie das?"

Corinna war etwas überrascht: „Wir werden das versuchen. Woher sollen wir wissen, dass Sie die Wahrheit sagen?"

Luna sagte: „Sie müssen mir vertrauen. Ich habe hier eine Botschaft von Onatah!" Luna Korhonen zeigte nun eine kurze Botschaft von Onatah, in dem Onatah bat, Luna zu vertrauen und zu machen was sie sagt.

Corinna sprach daraufhin: „Gut. Wir können euch von Elpis abholen. Wir müssen nur wissen, wo genau ihr euch befindet."

Luna nickte und sagte: „Ich melde mich morgen wieder. Wir haben nicht mehr viel Zeit."

Corinna nickte ebenfalls: „Okay. Also bis morgen."

Der Bildschirm erlosch. Inzwischen war auch Otekah auf der Brücke. Corinna sprach zu Samantha: „Hast Du alles aufgezeichnet?"

Samantha sagte: „Ja, natürlich. Soll ich noch einmal abspielen?"

„Ja, bitte." sagte Corinna.

Sie schauten zu viert sich das Gespräch noch einmal an.

Corinna sagte: „Sie war etwas nervös!"

Samantha meinte: „Wir sollten ihr nicht trauen. Onatah kann das auch unter Zwang ausgesagt haben."

„Saydala, ruf bitte unsere Freunde auf Fyta. Wir müssen uns dringend treffen!" rief Corinna.

Saydala rief die Bodenstation auf Fyta. Narosa vom Rat meldete sich. Corinna machte mit ihr einen Termin aus. Zwei Stunden später flog das Landeschiff mit Corinna und Otekah an Bord von der Aminata zur Station Fyta. Sie wurden von Fiona Mendoza und Narosa empfangen. Corinna spielte ihnen die Botschaft vor.

Fiona sah sich das aufmerksam an: „Also, das ist tatsächlich Luna Korhonen. Ich kannte sie persönlich. Ich arbeitete in einem Nahrungsmittelbetrieb. Es gab eine zentrale Küche. Keiner auf Elpis kocht selbst. Für alle werden zentral die Mahlzeiten bereitet. Auch für Sonderwünsche waren wir zuständig. Alles wurde angeliefert. Ich war ein paar Mal bei Luna Korhonen. Sie ist eine ruhige und gemäßigte Ratsfrau."

Corinna sprach: „Die Frage ist doch, ob wir ihr trauen können."

Narosa meinte: „Ich traue ihr nicht. Ich werde aber auf jeden Fall meine Leute auf Elpis kontaktieren. Sie sollen versuchen, so viele Informationen zu beschaffen wie möglich."

Otekah sagte: „Onatah klang sehr ruhig. Ich glaube nicht, dass sie unter Druck gesetzt wurde. Sie ist meine Tochter. Ich spüre, dass dies ernst gemeint ist."

Fiona meinte: „Das würde bedeuten, dass sie eine Überläuferin ist. Das ist schon sehr erstaunlich. Ein Mitglied des Rates. Das wird dort für große Unruhe sorgen."

Narosa meinte: „Onatah könnte eine Animation gewesen sein. Ich bin da vorsichtig." Narosa stand auf und verließ den Raum. Fiona, Corinna und Otekah sahen sich die Aufnahme noch einmal an. Nach zehn Minuten kam Narosa wieder.

Narosa sprach: „So. Ich habe ein paar Informationen."

Corinna war erstaunt: „So schnell?"

Narosa nickte: „Ich habe in unmittelbarer Nähe von Luna Korhonen eine Informantin. Also, Folgendes: Luna Korhonen hat sich wahrscheinlich in Onatah verliebt und umgekehrt. Sie hat bisher nur einmal einen längeren Besuch von einem Mann gehabt. Das war vor acht Jahren. Danach gebar sie auch einen Sohn. Seit dem kommen nur noch Frauen. Sie hat also keinen weiteren Nachwuchs. Das verstößt gegen die Regeln der Elpianerinnen. Sie steht auch deswegen im Rat unter Druck."

Otekah sah in die Runde und sagte: „Also können wir ihr trauen."

Fiona nickte dazu: „Es sieht so aus."

Corinna meinte: „Hm, wir sollten einen Plan ausarbeiten. Sie hat auch von Gabriel gesprochen. Wir müssen also drei Leute von Elpis wegbringen."

Narosa schüttelte mit dem Kopf: „Nein. Fünf Leute. Im Hause von Luna Korhonen leben noch zwei Sklaven. Wenn Luna Korhonen weg ist, werden diese an eine andere Ratsfrau übereignet. Wenn sie keiner will, kommen sie in eine Produktionsstätte. Das kann auch ein Bergwerk sein. Da beide schon ziemlich alt sind, werden sie nicht mehr sehr lange zu leben haben. Das können wir nicht zulassen."

Corinna stimmte zu: „Gut. Also fünf Leute. Dann werden wir uns mal Gedanken machen."

Narosa rief Solima, die Vorsitzende, und den militärischen Leiter Menkapa hinzu. Zusammen wollen sie einen Rettungsplan erarbeiten.

Am nächsten Tag meldete sich Luna Korhonen wieder. Dieses Mal aus ihrem Haus. Sie hatte einen kleinen Emitter, mit dem sie Kontakt aufnahm. Die Verbindung war allerdings nicht sehr gut, da der Emitter nicht so leistungsfähig war. An Luna ihrer Seite saß Onatah. An Bord der Aminata war, sehr glücklich, Otekah zu sehen. Ihr standen sogar Tränen in den Augen.

Otekah sprach: „Onatah, meine Tochter, wie geht es dir?"

Onatah lächelte: „Mir geht es hier sehr gut. Mach dir keine Sorgen. Ich erkläre es dir, wenn wir bei euch sind."

Corinna drängte: „Wir wollen es auch kurz machen. Ihr werdet sonst entdeckt."

Luna nickte: „Die Gefahr besteht durchaus. Was sollen wir tun?"

Solima erklärte: „Ich bin Vorsitzende des Rates der Resistenza. Wir senden euch einen Plan zu. Ihr müsst alle fünf zu den dort eingezeichneten Koordinaten gehen. Dort werdet ihr erwartet. Alles Weitere dann dort."

Luna fragte: „Fünf?"

Corinna nickte: „Ja, ihr zwei, dazu Gabriel und die beiden Sklaven aus Ihrem Haus. Wenn Sie weg sind, ergeht es denen sehr schlecht. Das wollen wir nicht zulassen."

Luna stimmte zu: „Ihr habt Recht. Gut. Wir warten auf eure Koordinaten."

Samantha sandte die Koordinaten an Luna ihren Emitter. Es dauerte ein paar Minuten. Dann meldete sich Luna: „Okay, die Koordinaten sind da. Wann sollen wir dort sein?"

Solima antwortete: „In drei Tagen. Wenn ihr dort seit, meldet euch mit eurem Emitter."

Luna sagte: „Gut, so machen wir es. Wenn alles gut geht, bringe ich euch Informationen mit. Sehr umfangreiche Informationen, welche für euch von höchstem Interesse sein dürften. Also, bis bald."

Solima hob die Hand zum Gruß: „Bis dann."

28.

Im Haus von Luna Korhonen wurde nun hektisch gepackt. Es waren einige Vorbereitungen zu treffen. Es durfte aber nach außen nichts auffallen. Luna hat deswegen den Rat in fünf Tagen zur Berichterstattung eingeladen. Somit hat man noch zwei Tage Vorsprung. Das musste reichen.

Luna rief bei Rubina Fernandez an. Sie sagte ihr, dass sie ihr einen Besuch abstatten werde. Noch am gleichen Vormittag ging sie zu ihr. Rubina empfing sie persönlich an ihrer Haustür „Hallo Luna. Kommen Sie herein."

Rubina Fernandez führte Luna in ihren Salon. Er war sehr luxuriös eingerichtet mit einer großen Bar, mehreren Sitzecken und Liegen. Überall standen Palmen und andere Grünpflanzen.

Rubina und Luna nahmen in einer der Sitzecken Platz. In den großen Sesseln versank man richtig. Rubina Fernandez befahl einem Sklaven, Gebäck und Wein zu bringen.

Rubina Fernandez säuselte: „Liebe Luna, was verschafft mir die Ehre Ihres Besuches?"

Luna Korhonen säuselte zurück: „Ich habe in den letzten Tagen nachgedacht. Mit ihrem Hinweis auf das Raumschiff, welches wir vor ein paar Jahren fanden, haben sie ganz Recht. Wir bewegen uns da auf einem sehr schmalen Grat."

Rubina Fernandez nickte: „Das stimmt. Was sollten wir tun? Was schlagen Sie vor?"

Luna Korhonen meinte: „Vielleicht sollten wir es vernichten.“

Rubina Fernandez fragte: „Und dann?“

Luna Korhonen erklärte: „Wir sichern alle Daten aus dem Bordarchiv und leiten das Schiff in die Stella. Dann ist es weg, ein für alle Mal.“

„Vielleicht haben Sie Recht. Und wie stellen Sie sich das vor?“ fragte Rubina Fernandez.

Luna Korhonen erläuterte: „Ich nehme ein paar Bedienstete mit. Dazu zwei bewaffnete Wächter. Es wird zwar ein beschwerliches Unternehmen, aber das nehme ich gern in Kauf. Das Versteck in den Bergen ist schwer zu erreichen. Aber mit Hilfe der Sklaven und der Wächter werde ich es schon schaffen. Meine gefangene Frau kann ein Raumschiff führen. Wir werden mit dem Schiff starten. Es ist ja bedingt flugfähig. Im Orbit holt uns eines unserer Schiffe ab. Am besten die Sol. Gemeinsam schicken wir dieses Schiff dann auf einen Nullkurs zur Stella. Vorher sichere ich die Daten. Vielleicht können Sie mitkommen?“

Rubina Fernandez verließ nur ungern Elpis. Ihr war das zu schwierig. Nur im Notfall und wenn der Rat darauf besteht, fliegt sie mit einem Raumschiff. Und eine Reise in die Berge hat sie noch nie unternommen. Sie meidet normalerweise Strapazen. Rubina Fernandez achtet sehr auf ihr Äußeres. Und bei einem Trip in die Wildnis kam man ins Schwitzen. Das wusste auch Luna Korhonen.

Rubina Fernandez überlegte kurz und antwortete: „Nein. Machen Sie das nur. Sie wissen, ich verlasse New Earth sehr selten.“

Luna war erleichtert. Sie ließ sich das aber nicht anmerken: „Gut. Ich mache das mit meinen Leuten. Aber es darf niemand erfahren, was das für ein Schiff ist und was es verbirgt. Ich werde sicherstellen, dass keiner etwas bemerkt. Den Wächter und Bediensteten werde ich irgendeine Geschichte erzählen, sodass sie keinen Verdacht schöpfen. Da lasse ich mir was einfallen. Das ist kein Problem. Ich bitte nur Sie, dass Sie Rubina, mir den Rücken frei halten, falls etwas passiert.“

Rubina Fernandez fragte: „Wann soll die Aktion starten?

Luna Korhonen antwortete: „Schon morgen. Dann ist bei unserer nächsten Ratssitzung alles bereits geschehen.“

Rubina Fernandez überlegte kurz und nickte: „In Ordnung.“

Luna Korhonen holte tief Luft: „Ich habe noch ein Anliegen. Sie sprachen davon, dass ich diesen jungen Mann mir mal ausborgen könnte. Ich würde Sie nun darum bitten.“

Rubina Fernandez setzte eine erfreute Miene auf und sprach: „Selbstverständlich gern. Sie können ihn auch gleich mitnehmen. Ich lass ihn nur noch fesseln und dann können sie ihn mitnehmen. Ich bin froh, dass sie ihn sich ausleihen. Sie werden nicht enttäuscht sein.

Am Anfang war er etwas spröde und stur. Ich habe ihn gezüchtigt. Nun zeigt er sich nicht mehr sehr zurückhaltend. Er ist sexuell sehr talentiert. Er wird Ihnen viel Spaß bereiten."

Rubina Fernandez ließ Gabriel Fesseln an den Füßen und Handgelenken anbringen. Dann übergab sie ihn an Luna Korhonen. Luna bedankte sich, führte Gabriel in ihr Fahrzeug und fuhr zu sich nach Hause. Gabriel schwieg die ganze kurze Fahrt. Zu Hause angekommen führte sie Gabriel in den Salon. Dort nahm sie zunächst die Fußfesseln ab. Gabriel stand nun mit dem Rücken zur Tür in dem Raum. Hinter ihm ging die Tür auf. Gabriel hatte bei Rubina gelernt, dass man sich nicht unaufgefordert setzen oder sich umdrehen sollte. Auf Alles musste er per Befahl warten. Luna nahm ihm jetzt auch die Fesseln am Handgelenk ab.

Luna sagte zu ihm: „Du kannst dich umdrehen!"

Gabriel drehte sich um und sah Onatah vor sich. Sie fiel Gabriel sogleich um den Hals und sprach: „Jetzt bist du in Sicherheit!"

Gabriel war erstaunt und erfreut: „Ich wusste nicht, dass du hier bist."

Onatah sagte: „Bei meinem Eindringen in das Archiv wurde ich gefangengenommen. Aber die Situation hat sich geändert. Luna wird uns helfen. Wir werden alle gemeinsam fliehen."

Gabriel schaute etwas ungläubig zu Luna.

Luna sprach: „Du brauchst keine Angst zu haben. Ich will nichts von dir. Onatah und ich sind... Wir, wir sind ein Paar. Wir lieben uns."

Gabriel sagte: „Das kommt alles ein bisschen überraschend. Was wird nun?"

Luna antwortete: „Ich muss noch einmal mit Solima sprechen."

Luna begab sich in das Nebenzimmer. Sie besprach dort per Emitter mit Solima einige Details ihrer Flucht. Onatah erzählte Gabriel unterdessen alles.

29.

Am nächsten Tag war es dann soweit. Luna, Onatah, Gabriel und die beiden Bediensteten packten Luna ihr Fahrzeug. Der Kleinbus hatte Platz für bis zu zehn Personen. Onatah wunderte sich, dass Luna über so ein großes Fahrzeug verfügte. Die beiden Sklaven hatten noch keine Ahnung was passierte. Es war das erste Mal, dass sie irgendwohin mitgenommen wurden. Plötzlich ertönte die altmodische Klingel an der Haustür. Alle sahen sich überrascht an. Wer sollte jetzt kommen? Luna schickte alle in die Küche. Sie selbst ging zur Haustür. Von der Küche konnte man sehr leise Stimmen hören. Genau verstehen was sie sagten, konnte man hingegen nicht. Es war ein bisschen mysteriös. Onatah und Gabriel saßen nun mit den beiden Bediensteten in der Küche. Was geschieht nur draußen? Plötzlich ging die Tür auf. Luna betrat die Küche zusammen mit zwei Frauen. Sie waren bewaffnet. Onatah und Gabriel standen ängstlich auf. Luna sagte daraufhin: „Dies sind zwei Wächterinnen. Sie werden uns nun begleiten und auf uns aufpassen."

Onatah und Gabriel schauten immer noch verwundert. Luna bemerkte die Unruhe von den beiden. Sie sagte: „Das sind Sonja Meyer und Grit Anderson. Keine Angst. Solima hat sie mir geschickt. Alles in Ordnung."

Onatah atmete auf: „Und ich dachte schon, dass wir verraten wurden. Luna, du kannst einem auch einen Schrecken einjagen."

Luna errötete leicht: „Das tut mir leid. Entschuldige."

Sonja Meyer sprach: „Wir sind Kontaktpersonen von Narosa, der Geheimdienstchefin der Resistenza. Wir leben hier in New Earth und arbeiten im Sicherheitsdienst."

Grit Anderson meinte noch: „Wir werden euch begleiten. Das ist unauffälliger."

Luna erklärte: „Ich hatte auch mit Solima eine kleine Änderung unserer Flucht vorgeschlagen. Es gibt da ein großes Geheimnis. Es ist für euch von großer Wichtigkeit. Ich kann jetzt nicht mehr sagen. Ich werde jetzt für circa 2 Stunden noch eine Angelegenheit erledigen müssen. Wenn ich zurückkomme, brechen wir auf."

Onatah fragte: „Kann ich mitkommen?"

Luna überlegte kurz: „Gut. Komm mit."

Luna nahm zwei Laserpistolen. Eine gab sie Onatah
und nickte ihr zu. Onatah nahm überrascht die Waffe.
Luna und Onatah fuhren dann mit einem Gleiter in
den Wald. Nach etwa fünfzehn Kilometer kamen sie
auf eine kleine Lichtung. Am Rande der Lichtung lag
eine dunkelgrüne etwa hundert Meter lange, fünf
Meter hohe ovale Scheibe.

Onatah schaute überrascht und sagte: „Was ist das?
Das sieht ja aus wie ein Raumschiff!"

Luna nickte: „Bleib du im Gleiter. Ich gehe hinein. Es
dauert nicht lange. Vielleicht fünfzehn Minuten. Pass
auf, dass niemand kommt." Sie gab Onatah noch ein
kleines Funkgerät und ging dann zu der ovalen
Scheibe. Als sie ankam öffnete sich eine Luke. Luna
ging hinein. Die Luke verschwand wieder.

Als Luna in dem Schiff war, ging sie im Schein einer
kleinen Handlampe einen schmalen Gang entlang.
Am Ende des Ganges öffnete sich lautlos eine Runde
Tür. Luna ging hinein. Sie stand in einem runden
Raum. Das Licht ging an. In dem Raum standen
mehrere Tische. In der Mitte des Raumes war ein
großes Pult mit einem Monitor darüber. Luna ging zu
dem Pult. Sie steckte ihre Laserpistole in ihre Tasche.
Dann betätigte sie ein paar Tasten. Der Monitor ging
an. Dann legte sie ein kleines Kästchen auf das Pult.
Auf dem Monitor wurden Zeichen sichtbar. Im
Sekundentakt änderten sich die Zeichen. Plötzlich
hörte sie hinter sich Schritte. Bevor sie reagieren

konnte sprach ein Frauenstimme: „Keine Bewegung.
Die Hände nach oben. Langsam umdrehen!"

„Rubina Fernandez!" sprach Luna überrascht.

„Ja. Ich bin es. Sie dachten wohl, ich nehme Ihnen
den Schwachsinn ab, den sie mir vorgeschlagen
haben. Da haben Sie sich aber geirrt. Ich dachte mir,
dass sie hierherkommen. Ich brauchte mich nur auf
die Lauer legen. So, dann geben Sie mir mal ihr
Speicherkästchen. Aber langsam. Ihre Waffe lassen
Sie mal schön in der Tasche!" sprach Rubina
Fernandez. In der Hand hielt sie eine Waffe.

Luna nahm das kleine Kästchen und hielt das Rubina
Fernandez hin. Sie nahm es und tat es in eine kleine
Umhängetasche. Dabei ließ sie Luna nicht aus den
Augen. Nun hob sie ihre Waffe etwas höher.

Luna schaute zu Rubina Fernandez und sprach:
„Werden Sie mich jetzt töten?"

Rubina grinste und sprach: „Leben Sie wohl. Hier
findet Sie so schnell nie...!" Sie hatte es noch nicht
ausgesprochen, da wurde sie von hinten von einem
Laserstrahl getroffen. In der Tür stand Onatah.
Rubina stürzte und röchelte noch einmal kurz. Dann
ging ein Zucken durch ihren ganzen Körper und sie
blieb schließlich leblos liegen. Dann lagen Luna und
Onatah sich in den Armen.

Luna hatte Tränen in den Augen und sprach zu
Onatah: „Ich dachte, ich muss sterben!"

Onatah sagte zu ihr leise: „Es dauerte so lange. Da bin
ich reingekommen. Ich hörte dann Stimmen. Ich

schlich mich so leise ich konnte hierher. Dann sah ich diese Frau. Ich bin ja so froh, dass ich noch rechtzeitig kam."

Luna lachte leise und sagte: „Und ich erst." Sie lachte weiter und gab Onatah einen Kuss. Luna beugte sich dann über Rubina Fernandez. Diese lag mit weit geöffneten Augen auf dem Rücken. Luna nahm ihr die Waffe aus der Hand und nahm auch die Umhängetasche mit dem Speicherkästchen.

Danach gingen Luna und Onatah raus aus dem Schiff zum Gleiter. Sie fuhren ohne Zwischenfälle zurück in die Stadt. Während der Fahrt schaute Onatah fragend zu Luna.

„Was hast du in diesem Schiff gewollt?" wollte Onatah wissen.

„Ich habe die Computerdaten geholt. Diese sind für euch sehr wichtig. Wenn wir bei euren Leuten sind, werden ich sie euch übergeben. Es würde jetzt zu weit führen. Vertrau mir. Wir müssen jetzt so schnell wie möglich hier weg." antwortete Luna.

Onatah nickte und sagte kurz: „Okay."

Bei Luna zu Hause warteten alle schon. Alle sieben bestiegen schnell den Gleiter und verließen die Stadt in Richtung Regenwald. Schon wenige hundert Meter außerhalb hörte die Straße auf. Nun ging es weiter auf einer unbefestigten Piste. Luna steuerte den Gleiter immer tiefer in den Wald. Nach dreißig Kilometer kamen sie auf eine Lichtung. Dort stand das Landeschiff der Aminata. Davor stand Samantha

und erwartete sie schon. Nach einer kurzen
Begrüßung stiegen alle in das Schiff. Drinnen wartete
ganz aufgeregt Saydala. Als sie Gabriel sah, fiel sie
ihm um den Hals und küsste ihn.

Saydala sagte überglücklich: „Ich bin ja so froh, dass
du wieder da bist. Ich habe dich so sehr vermisst."

Gabriel lächelte: „Ich habe dich auch vermisst. Es war
so furchtbar. Ich wurde so erniedrigt. Ich musste..."

Saydala legte ihm die Hand auf den Mund und
sprach: „Du brauchst mir nichts zu sagen. Ich will es
gar nicht wissen. Ich bin nur so glücklich, dass du
wieder bei mir bist. Ohne dich hätt ich nicht
weiterleben wollen. Ich habe doch nur dich."

Gabriel sagte leise: „Ich liebe dich. Jetzt wird alles
gut."

Samantha startete unterdessen die kleine Fähre.
Nach ein paar Minuten flogen sie im Orbit in Richtung
des kleinen äußeren Planeten Pente. Das Befarischiff
Unita war unterdessen zum Planeten Dyo unterwegs.
Dort inszenierte sie einen kleinen Überfall auf den
Mond Kyklos. Von Elpis wurde zur Unterstützung das
Raumschiff Sol dorthin beordert. Als die Sol bei
Kyklos ankam, flog die Unita wieder fort. Der Überfall
auf Kyklos war nur zur Ablenkung gedacht, damit die
Flucht von Elpis gelingt. Bevor man auf Elpis merkte
was passierte, war die Flucht schon geschehen. Auf
halben Weg zum Planeten Pente lag die Aminata. Die
Landefähre konnte unbehelligt an der Aminata
andocken. Dort warteten Corinna und Otekah schon
ganz aufgeregt. Corinna bat Samantha, Luna und

Onatah zu einer Unterredung in das kleine
Cabinetzimmer. Dabei übergab Luna die Daten von
dem Schiff auf Elpis. Außerdem hatte sie auch Daten
von den zwei Leichen mit. Samantha gab die Daten
mit der Übersetzungssoftware gleich in den
Computer. Es dauerte nicht lange, bis alle Daten
geladen waren. Was Corinna und Samantha dann
sahen, verschlug ihnen fast die Sprache. So etwas
Ungeheuerliches hätten sie nicht erwartet. Diese
Informationen änderten ihre Situation entscheidend.
Corinna schluckte und sprach: „Das kann doch nicht
wahr sein!"
Luna meinte nur: „Ich dachte mir, dass es euch
interessiert."
Corinna schaute die Anderen an und sagte: „Wisst
Ihr, was das bedeutet?"
Luna sprach mit fester Stimme: „Deswegen wollte
auch Rubina Fernandez, dass dies geheim bleibt. Es
war existenzbedrohend für uns Elpianerinnen!"
Samantha nickte: „Absolut korrekt."
Onatah schaute von einer zur anderen. Sie konnte
nicht ganz die Tragweite erfassen. Corinna bemerkte
das.
Onatah fragte: „Was bedeutet das nun?"
Corinna antwortete: „Das bedeutet, dass alles was
hier passierte, das Ergebnis einer Zeitreise in die
Vergangenheit ist. Die Insektaner sind in der Lage, in
die Vergangenheit zu reisen. Das haben sie getan. Sie
haben die Geschichte der Menschheit bewusst

geändert. Wir haben uns ja schon so etwas in der Art gedacht. Aber das Schiff auf Elpis ist das Schiff, welches in die Vergangenheit gereist ist. Laut den Aufzeichnungen dieses Schiffes ist es ein Prototyp. Auch können sie nicht direkt die Vergangenheit sehen. Sie programmieren das Modul auf eine bestimmte Zeit und fliegen genau dorthin. Ist die Zeit falsch geht es zurück in die Singularität und es wird neu programmiert. Bei der Erde war der dritte Anlauf notwendig, um ihre gewünschte Zeit zu erreichen. Es war auch die erste Veränderung überhaupt, welche sie vornahmen. Weitere Änderungen waren wahrscheinlich geplant."

Luna fragte: „Was würde passieren, wenn man wieder in die Vergangenheit reist. Dort könnte man die Änderung der Geschichte verhindern!"

Samantha überlegte kurz und sprach dann: „Die Geschichte würde so verlaufen, wie wir es kannten. Wahrscheinlich. Bei uns hatten wir die Umwelt wieder in den Griff bekommen. Die Überbevölkerung wurde gestoppt und war zum Teil wieder rückläufig. Das Einzige was wir nicht mehr rückgängig machen konnten, sind die seismologischen Veränderungen. Der Eispanzer der Antarktis braucht wieder Millionen von Jahren, bis er wieder die alte Höhe hat. Schon das Absinken von wenigen Hundert Metern hatte enorme seismologische Auswirkungen. Aber auch das wird wieder zum gewohnten Maß zurückkommen. Alles andere hatten wir im Griff. Den ökonomischen Crash haben wir ohne einen Krieg auch überlebt."

Corinna meinte: „Aber Fakt ist dann auch, dass die Menschheit niemals ausgewandert wäre und dass die Befari in Ruhe sich hätten entwickeln können.“

Luna schaute etwas nachdenklich und sprach: „Aber, wenn ich mir das richtig überlege, würde ich zum Beispiel nie geboren werden!“

Alle schauten betroffen zu Luna. Onatah war sogar die Angst anzusehen. Luna hingegen schaute dann ganz entspannt und erklärte: „Man könnte das Schiff der Insektaner auf Elpis zur Zeitreise nutzen. Es ist noch fast intakt. Die Insassen sind wahrscheinlich an einer Gasvergiftung gestorben. Ich hatte sie obduzieren lassen. Ein zuverlässiges Labor hatte unter strengster Verschwiegenheit die Obduktion durchgeführt. Die Mitarbeiter dort wussten gar nicht, wen sie da untersuchten. Ich erzählte ihnen, dass wir die zwei Leichen im Wald gefunden hatten. Von dem Schiff weiß, jetzt wo Rubina Fernandez tot ist, nur ich. Nach der Obduktion habe ich die Leichen dann wieder ins Schiff zurück gebracht.“

Zunächst herrschte nach Luna ihren Worten großes Schweigen. Onatah wollte natürlich Luna nicht verlieren.

Corinna merkte dies und sprach an Luna und Onatah gewandt: „Ihr Zwei liebt euch? Seit Ihr ein Paar?“

Onatah nickte und sagte mit fester Stimme: „Ja. Wir lieben uns!“

Luna nickte dazu: „Ja. Ich habe sie vom ersten Moment geliebt. Ohne Onatah wäre ich wahrscheinlich nicht hier. Mir hat an unserer

Gesellschaft mit ihrer Sklaverei und Unterdrückung schon lange vieles gestört. Den endgültigen Entschluss fasste ich allerdings, als Onatah bei wir weilte." Luna schaute zu Onatah und lächelte.

Onatah fragte: „Warum bleibt Luna nicht bei uns? Sie könnte mit uns zusammen fliegen!"

Samantha sagte daraufhin: „Sie wäre durch unser Warpfeld und ein Wurmloch vor der Zeitreise geschützt. Theoretisch geht das natürlich. Auf der anderen Seite ist Luna genetisch siebenhundert Jahre später geboren. Sie gehört nicht in unsere Zeit!"

Corinna überlegte und sagte: „Du hast zwar Recht Samantha, aber selbst wenn wir die Veränderung der Insektaner verhindern und den Status quo wieder herstellen, können wir nicht sicher sein, dass erstens das nicht wieder passiert und zweitens können wir nicht sicher sein, dass unser Auftauchen im 22. Jahrhundert nicht auch Spuren hinterlässt."

„Gut, das stimmt. Sicherheit gibt es dabei nicht." stimmte Samantha zu.

Luna schaute Corinna an und fragte: „Ihr meint, es könnte allein durch euer Auftauchen alles anders werden?"

Corinna nickte mit dem Kopf: „Ja, natürlich. Auch wir gehören nicht ins 22. Jahrhundert. Wenn wir die Insektaner aufhalten wollen, müssen wir versuchen, es im Weltall zu machen und nicht auf der Erde. Selbst das wird schwierig, da die Raumfahrt schon ziemlich weit entwickelt war. Es gab da schon die ersten Kolonien auf Mars und Mond."

Onatah ließ nicht locker: „Aber, wir könnten doch Luna trotzdem mitnehmen!"

Samantha rief: „Und was ist mit Fiona Mendoza und Lynn O'Connor? Sie wären dann auch nicht mehr da!"

Onatah blieb stur: „Wenn Luna nicht mitkommt, bleibe ich hier!"

Samantha meinte: „Das geht nicht. Es ist gar nicht abschätzbar, was dann mit dir passiert. Wenn wir die Insektaner aufhalten, wird Luna nie geboren. Du wärest hier allein und wüstest gar nicht warum!"

Luna lächelte Onatah an und sprach ruhig: „Sei vernünftig Onatah. Ich liebe dich. Aber das darf jetzt keine Rolle spielen."

Corinna sprach: „Ich rede mit Solima. Aber alleine! Vielleicht kommen Lynn und Fiona mit zu dem Gespräch."

Corinna ließ Samantha, Onatah und Luna allein. Sie ging in ihr Quartier. Von dort rief sie ungestört Solima und bat sie zu dem Gespräch. Solima willigte ein. Das Gespräch zwischen Corinna und Solima, mit Lynn und Fiona verlief sehr ruhig. Alle waren sich der Tragweite völlig bewusst. Aber alle waren sich einig, dass die Veränderung durch die Insektaner rückgängig gemacht werden muss. Die Befari wären dann wieder frei und könnten sich selbständig entwickeln mit allen Höhen und Tiefen. Fiona und Lynn erklärten, dass es egal sei. Sie würden es schließlich nicht wissen. Sie würden nicht sterben, da sie nie geboren wurden. Sie hätten auch keine Bedenken, wenn Luna mit zur Erde käme. Sie überlassen diese Entscheidung ganz allein Corinna. Allerdings werden sie auf keinen Fall jetzt die Hände in den Schoß legen. Es könnte ja sein, dass das Vorhaben misslingt.

Corinna kehrte zu Onatah, Luna und Samantha zurück. Alle drei waren schon sehr gespannt auf das Ergebnis des Gespräches.
Corinna sagte: „So. Ich habe mit Solima, Fiona und Lynn gesprochen. Sie sind sich der Tragweite bewusst. Sie unterstützen uns bei unserem Vorhaben. Was Luna betrifft, überlassen sie mir die Entscheidung. Ich möchte das aber nicht allein entscheiden. In einer Stunde werden wir uns alle, außer Luna und Onatah, im Cabinet treffen. Unterdessen unterrichte ich Saydala und Gabriel."
Nach einer Stunde saßen nun Corinna, Samantha, Saydala und Gabriel zusammen im Cabinet. Jeder wusste Bescheid worum es geht. Otekah blieb auf der Brücke.
„So, ihr wisst alle Bescheid. Ich möchte das nicht allein entscheiden. Ich brauche eure Meinung. Mit Otekah habe ich gesprochen. Sie bleibt auf der Brücke. Als Mutter von Onatah ist sie auf der Seite von ihrer Tochter und befürwortet, dass Luna mit zur Erde kommt." sprach Corinna.

Saydala meinte: „Ich weiß, was in Onatah vorgeht. Sie will Luna nicht verlieren. Als Gabriel noch gefangen war, ging es mir sehr schlecht. Ich vermisste ihn so sehr. Ich bin dafür, dass wir Luna mitnehmen."

„Mir ging es ähnlich wie Saydala. Ich dachte, ich sehe sie nie wieder. Ich hatte schon Selbstmordgedanken. Ich bin auch dafür, dass wir Luna mitnehmen." Sagte Gabriel.

Samantha meinte: „Die Entscheidung ist sehr schwer. Wir machen einen Eingriff in die Geschichte, wenn wir Luna mitnehmen. Auf der anderen Seite, kann ich es nachfühlen, wie es bei Luna und Onatah innerlich aussieht. Ich vermisse John auch sehr. Deswegen denke ich, dass Luna mit sollte. So gewaltig wird schon der Eingriff in die Geschichte nicht sein."

Corinna holte tief Luft und sprach: „Danke für eure Unterstützung. Ihr macht es mir leicht. Auch ich vermisse meinen Fred. Ein Leben auf Dauer ohne ihn kann ich mir nicht vorstellen. Und ich denke auch, dass der Eingriff in die Geschichte nicht so gravierend sein wird. Schließlich wollen wir in unsere Zeit zurückkehren. Wir beeinflussen mehr die Zukunft als die Vergangenheit. Also ist es beschlossen, wir nehmen Luna mit zur Erde? Fakt ist auch eines: Es kann sein, dass es nicht funktioniert. Wenn Lesharo das Wurmloch so beschädigt hat, dass auch der Ausgang bei der Neptunbahn betroffen ist, werden wir nicht in die Vergangenheit reisen können. Wir brauchen ein Wurmloch dazu."

Samantha, Saydala und Gabriel sprachen sich nacheinander nochmals dafür aus, dass das Experiment durchgeführt wird und dass Luna mitkommt. Corinna rief daraufhin Onatah und Luna ins Cabinet und verkündete das Ergebnis. Onatah fiel Luna um den Hals. Sie küssten sich. Beide waren überglücklich. Onatah standen sogar Tränen in den Augen. Nun konnten die Vorbereitungen zur Rückkehr zur Erde beginnen. Zunächst wollte man noch einmal auf Elpis landen.

Corinna, Samantha und Luna saßen im Cabinet zusammen, um das weitere Vorgehen zu besprechen.

Luna sagte: „Ich fliege noch einmal nach Elpis. Ich glaube nicht, dass man schon irgendetwas bemerkt hat. Wir brauchen das Modul, mit dessen Hilfe die Zeitreise erst möglich war. Es ist gar nicht mal so groß und auch nicht schwer. Es wurde direkt mit deren Warpantrieb gekoppelt. Ich bin keine Ingenieurin, aber ich denke, dass wir es auch bei uns montieren können.“

Corinna nickte und sprach: „Ich werde dich begleiten.“

Luna sah Corinna an und sagte: „Gut. Da das Raumschiff im Wald versteckt ist, brauchen wir nicht lange laufen und haben somit Zeit gespart.“

Corinna gab zu bedenken: „Die Frage ist nur, kommen wir ungehindert und unbemerkt dahin?“

Luna sagte dann: „Ich denke nicht, dass man mein Verschwinden oder dass von Rubina schon bemerkt hat. Ihre Haussklaven sind es gewohnt, dass sie auch mal ein paar Tage nicht da ist. Und die Überwachung ist bei uns sehr lückenhaft. Wir waren früher sehr sorglos. Wir hatten keinen wirklichen Feind. Daher wurde auf Überwachung kaum Wert gelegt. Wir mussten uns erst einmal vermehren, um die Produktion zu erweitern."

„Ohne Sklaverei wäre das einfacher gewesen." Meinte Samantha.

Luna stimmte zu: „Du hast Recht. Aber es war seit Jahrhunderten in unserer Gesellschaft so gewesen. Ich war auch der Meinung, dass die Sklaverei ein Hindernis ist. Aber ich wurde da immer nur belächelt, weil ich keine Haussklaven hatte. Meine beiden Bediensteten behandelte ich immer gut. Und männliche Sklaven hatte ich nicht."

Samantha schüttelte den Kopf: „Ich mache dir auch keinen Vorwurf. Es ist Vergangenheit. Jetzt fliegen wir zurück nach Elpis und holen das Modul zur Zeitreise."

„Okay. Genauso machen wir es." Sagte Corinna.

Samantha fragte: „Wann wollt ihr aufbrechen?"

„So schnell wie möglich. Solima schickt uns noch Antimaterie für den Flug zur Erde. Mach das Schiff schon mal bereit und starte die Triebwerke. Wir fliegen noch einmal nach Elpis!" antwortete Corinna.

„Wieso müssen wir erst zur Erde? Können wir nicht von hier in die Vergangenheit?" fragte Luna.

„Das glaube ich nicht. Laut den Aufzeichnungen der Insektaner kann man nur innerhalb eines schwarzen

Lochs in die Vergangenheit reisen. Wir werden also zur Erde fliegen und in der Singularität bei der Neptunbahn in die Vergangenheit reisen." antwortete Corinna.

Die Aminata kam ohne Zwischenfälle bei Elpis an. Luna und Corinna starteten das kleine Landeschiff. Schon nach wenigen Minuten landeten sie auf der kleinen Waldlichtung, wo das Schiff der Insektaner lag. Sie kamen auch ohne Probleme in das Schiff. Auf der Brücke lag noch immer die Leiche von Rubina Fernandez. Luna und Corinna liefen in den Maschinenraum. Mit nur wenigen Handgriffen entfernten sie das Modul vom Triebwerk. Es war eine einfache Steckverbindung.
Corinna bemerkte: „Das ging aber schnell!"
„Ich nehme an, es wurde erst hinterher montiert. Ursprünglich war dies wahrscheinlich ein ganz normales Warpschiff." meinte Luna.
Corinna nickte: „Ja, sieht ganz danach aus. So, und jetzt lass uns verschwinden!"
Sie packten das Modul ein und ging so schnell es geht zum Schiff. Kurz bevor sie am Schiff ankamen hörten sie hinter sich Stimmen. Lasersalven wurden auf sie abgeschossen. In letzter Sekunde konnten sie sich ins Schiff retten. Corinna startete die Landefähre. Luna sah noch durch die Luke, dass eine Frau ein Funkgerät benutzte und eine Durchsage machte. Kurz darauf meldete sich Samantha: „Ich sehe auf dem Scanner,

dass das große Schiff der Elpianerinnen Kurs auf uns genommen hat."

„Wann wird es hier sein?" wollte Corinna wissen.

„Bei Höchstgeschwindigkeit in zwanzig Minuten!" antwortete Samantha.

Corinna rief: „Wir sind in ein paar Minuten da. Wir haben das Modul. Mach die Aminata fertig. Wir fliegen in Richtung Erde. Setze einen Kurs."

Als das Landeschiff bei der Aminata war, startete es sofort in Richtung Erde. Unterwegs sprachen sie noch einmal mit Solima. Die Befari schickten ihr Schiff Unita der Sol, dem Schiff der Elpianerinnen, hinterher, um es in ein Gefecht zu verwickeln. Somit wollten sie verhindern, dass die Elpianerinnen die Aminata verfolgen. Corinna dankte Solima, wünschte ihr viel Glück und verabschiedete sich.

Die Aminata flog nun in Richtung Erde. Zehn Monate würde der Flug dauern. Für die Besatzung der Aminata war es nichts Neues, aber für Luna Korhonen war es das erste Mal, dass sie so lange in einem Raumschiff unterwegs war. Zunächst war ein Umziehen angesagt. Corinna wohnte nun zusammen mit Samantha und Otekah. Saydala und Gabriel blieben zusammen. Onatah wohnte nun zusammen mit Luna in einem Zimmer. Onatah freute sich darauf.

Der Weg zur Erde verlief relativ ereignislos. Es passierte nichts Aufregendes. Der Warpantrieb funktionierte ohne Probleme. Samantha und Otekah passten das Zeitmodul an den Antrieb der Aminata an. Mehrere Simulierungen am Computer führten sie durch. Alles verlief wie gewünscht.

30

Kurz vor der Oortschen Wolke ließ Corinna die Aminata stoppen. Hier wurden zunächst umfangreiche Scans durchgeführt. Die Waffen wurden auf volle Bereitschaft gestellt. Sie entdeckten nichts Auffälliges. Alles war noch genauso wie bei ihrem Flug von der Erde nach dem Stellasystem. Sie konnten nun beruhigt ihren Flug weiterführen. Das Warpfeld schützte sie vor Kollisionen mit Kometen. Als sie die Oortsche Wolke hinter sich ließen, flogen sie nun zum Kuipergürtel. Auch dort wurden vor dem Weiterflug umfangreiche Scans durchgeführt. Sie wollten einfach nur sicher sein. Auch hier gab es keine Auffälligkeiten. Sie flogen nun langsam durch den Kuipergürtel. Plötzlich tönte das Signal des automatischen Metalldetektors durch das Schiff. Corinna saß gerade mit Luna und Onatah beim Essen. Sofort eilten alle drei auf die Brücke. Dort hatten gerade Samantha und Otekah Dienst.
„Was ist los?" fragte Corinna als sie auf die Brücke kam.
Samantha antwortete: „Eine hohe Konzentration von verschiedenen Metallen wird angezeigt."

Corinna fragte: „Was für Metalle?“

„Vor allem Titan, Kupfer, Gold, Aluminium, Lithium und Stahl.“ sprach Otekah.

„Und wo?“ wollte Corinna wissen.

Samantha antwortete: „Auf Makemake.“

Corinna zeigte sich erstaunt: „Dem Zwergplaneten? Zeig es auf dem Bildschirm.“

Auf dem Bildschirm waren deutlich Spuren der Metalle zu sehen. Corinna entschied, dass man sich dem Zwergplaneten Makemake nähern sollte. Unterwegs scannte man kontinuierlich die Oberfläche von Makemake. In einer Höhe von zehn Kilometern stoppte die Aminata. Auf dem Bildschirm sah man mehrere kuppelförmige Objekte. Sie waren unterschiedlich groß. Das größte Objekt war zehn Meter groß, das kleinste ein Meter. Es waren keine biologischen Verbindungen zu erkennen.

„Es scheint eine automatische Station zu sein.“ stellte Corinna fest.

Onatah fragte erstaunt: „Warum haben wir es nicht auf dem ersten Flug bemerkt?“

Samantha antwortete ihr: „Makemake befand sich zu dem Zeitpunkt nicht auf unserer damaligen Flugbahn. Der Zwergplanet befand sich auf der anderen Seite des Sonnensystems.“

„Gibt es irgendwelche automatischen Aktivitäten?“ wollte Corinna wissen.

Samantha schüttelte den Kopf: „Nein, nichts. Keine Funkverbindungen, keine Tachyonenstrahlen, gar nichts. Keine Energie. Diese Kuppeln sind stumm."

Corinna sagte leise: „Wer mag das wohl gebaut haben? Insektaner? Wir schicken eine Minisonde hinunter. Sie soll umfangreiche Scans aus nächster Nähe machen."

Samantha startete eine Minisonde. Sie umflog mehrmals alle Objekte. Auf dem Bildschirm erschienen verschiedene Daten und Scans vom Inneren der Kuppeln. Samantha deutete auf eine Sequenz: „Da! Seht ihr? Da sind ganz geringe Spuren von Monosacchariden. Diese sind verbunden. Das ist, das ist... Chitin!"

Corinna rief überrascht: „Chitin? Weißt du, was das heißt?"

Samantha nickte wohlwissend: „Insektaner!"

Corinna rief: „Lasst uns zum Wurmloch bei der Neptunbahn fliegen. Wir sollten so schnell wie möglich unsere Aktion durchführen, bevor uns noch jemand in die Quere kommt."

Die Anderen stimmten ihr zu. Samantha setzte einen Kurs zu den Koordinaten des Wurmlochs und startete die Triebwerke. Nur noch wenige Stunden und sie würden den Flug in die Vergangenheit machen. Nach einer Stunde kamen sie beim Wurmloch an. Nun musste das Modul zur Zeitreise richtig eingestellt werden. Die Einstellung der Quantendaten war kompliziert. Die Insektaner hatten in ihren

Aufzeichnungen die genaue Quantenzeit festgehalten. Nur so war es möglich, die richtige Zeit einzustellen. Im Wurmloch wurde dann eine Überlichtgeschwindigkeit mit Negativgravitation simuliert. So kam dann die Reise in die Vergangenheit zustande. Als alles eingestellt war, saßen alle auf der Brücke.

„Alles bereit? Dann los!" rief Corinna.

Das Raumschiff flog langsam in Richtung Wurmloch. Die Geräte zeigten an, dass sich das Wurmloch öffnete. Schon sahen sie die ersten Blitze. Das ganze Schiff war umhüllt von gleißenden Licht. Blitze von verschiedenen Farben zuckten rings herum. Es war ein einzigartiges Lichtermeer. Das Gravitationsfeld hielt aber das Schiff wie immer stabil. Das Ganze dauerte nur wenige Minuten. Das Modul gab plötzlich ein Zeichen. Die Triebwerke steuerten nun automatisch die Aminata aus dem Wurmloch. Plötzlich war alles wieder normal. Sie sahen Sterne und im Zentrum einen besonders großen gelben Stern.

„Wie ist unsere Lage? Wo sind wir?" fragte Corinna.

Samantha antwortete: „Der zentrale Stern ist eindeutig unsere Sonne. Wir sind am Ziel!"

„Welche Zeit haben wir?" wollte Corinna nun wissen.

„Genau in der richtigen Zeit. Wir sind laut Sternenkonstellationen am Ende des 22. Jahrhunderts. Morgen zur selben Zeit werden die

Insektaner durch das Wurmloch kommen!" erläuterte Otekah.

Corinna sagte erleichtert: „Sehr gut. Machen wir unsere Waffen bereit. Alles was wir haben. Aus den Scans wissen wir wo die Insektaner ihre Schwachstelle am Schiff haben. Wir können nur hoffen, dass sie keine Ahnung von unserem Erscheinen in diesem Jahrhundert haben. Sobald sie aus dem Wurmloch erscheinen und sie den Ereignishorizont passiert haben, lassen wir es krachen. Alle Laserkanonen und Torpedos lassen wir gleichzeitig feuern. Dann haben sie keine Chance."

Samantha gab zu bedenken: „Wenn sie allerdings von uns wissen, haben wir keine Chance. Ihre Waffen sind stärker als unsere. Lassen wir uns überraschen."

„Unke nicht. Es wird schon klappen!" sprach Corinna.

Samantha: „Ich gebe nur zu bedenken."

Corinna sagte daraufhin: „Na gut. Und nun ab in die Kombüse. Gabriel und Saydala übernehmen die erste Wache, in sechs Stunden Otekah und Samantha, nach weiteren sechs Stunden Luna, Onatah und ich. Und morgen zur selben Zeit sind wir alle hier. Dann kommt die Stunde der Wahrheit. Alles klar? Gut. Wer kommt mit in die Kombüse?"

Samantha seufzte: „Das war ja wieder klar. Immer nur Essen im Kopf."

Corinna lachte, hielt die Hände auf ihren etwas rundlichen Bauch und sprach: „Ich muss ja was für meine Figur tun!"

Corinna schaut in die Runde. Aber nur Otekah wollte etwas essen. Die Anderen hatten auf Grund der Anspannung keinen Appetit.

Corinna und Otekah saßen nach dem Essen noch zusammen in der Kombüse.

Corinna sagte: „Ich hoffe, dass es klappt. Es ist ein gewagtes Unterfangen."

„Es wird schon klappen. Es muss klappen!" sagte Otekah.

Corinna nickte: „Du hast Recht. Es muss klappen!"

Otekah fragte: „Und danach? Wie gehen wir danach vor?"

Corinna erklärte: „Wir werden das Modul wieder neu einstellen und dann zu uns in unsere Gegenwart reisen. Wir werden das Modul so einstellen, dass wir kurz nach unserem Start von der Heimat wieder ankommen. Für unsere Leute werden wir nur für ein paar Tage weg gewesen sein. So ist es am besten. Wir können ja nicht vorher auftauchen."

Otekah schüttelte den Kopf: „Nein, das geht natürlich nicht. Erwartet dich jemand zu Hause?"

Corinna holte tief Luft und sagte: „Fred erwartet mich. Ich kann es kaum erwarten, ihn wieder zu sehen. Ich vermisse ihn sehr. Ich weiß, dass Samantha ihren John vermisst. Gabriel hat seine Saydala hier und Onatah ist mit Luna zusammen. Aber was ist mit dir?"

Otekah sah Corinna an und sagte: „Ich war zu Hause eigentlich noch Solo. Das mit Jack kam erst nach der

Strandung. Ich weiß aber, dass zu Hause jemand auf mich wartet. Ein junger Wachoffizier namens Frank Silver war in mich verliebt."

„Was heißt hier war? Wir kommen zurück in unsere Zeit. Er ist also immer noch in dich verliebt!" meinte Corinna.

Otekah lächelte: „Ja sicher. Ich bin mir nur nicht sicher. Es wäre sicher was mit uns geworden. Wir waren zweimal zusammen ausgegangen. Dann wurde er auf die Orbitalstation Mississippi versetzt und ich war mit Jack auf Erkundungsflug. Wir hatten uns verständigt, dass wir nach unserem Einsatz zusammen Urlaub machen wollten. Tja, und dann kam alles anders."

Corinna zog die Augenbrauen hoch und sprach: „Das könnt ihr doch immer noch. Wenn wir heim kommen, könnt ihr zusammen bleiben."

Otekah nickte: „Sicher. Das ist möglich. Ich hätte auch nichts dagegen. Aber ich bin jetzt einundfünfzig und er ist neunundzwanzig! Durch die Zeitverschiebung bin ich nun aber 22 Jahre älter als er. Ich könnte seine Mutter sein!"

Corinna sagte ihr darauf: „Gut, das könnte ein Problem sein. Du bist aber nicht seine Mutter. Aber wenn man sich wirklich liebt, geht das auch bei einem solchen Altersunterschied. Liebe kennt keine Grenzen und kein Alter."

Otekah lächelte: „Da hast du sicher Recht. Wir werden es sehen."

Am nächsten Tag waren dann alle auf der Brücke versammelt. Sie saßen nun schon zwei Stunden und nichts geschah. Langsam wurden sie unruhig. Auf den Scannern war nichts zu sehen. Normalerweise gibt es eine Erhöhung der Neutrinostrahlung, wenn ein Schiff aus dem Wurmloch fliegt. Nach einer weiteren halben Stunde stand Corinna auf und ging nervös auf und ab: „Sam, hast du auch alles genau programmiert? Überprüfe alles noch einmal."

Samantha schien etwas genervt: „Ich habe vor fünf Minuten alles überprüft und fünf Minuten davor auch. Es ist alles in Ordnung."

Corinna rief darauf: „Und warum kommen sie dann nicht? Da stimmt doch irgendetwas nicht!"

Samantha: „Ich weiß es auch nicht. Vielleicht müssen wir ...!"

Otekah schrie plötzlich: „Achtung. Ich verzeichne einen Tachyonenstrahl. Es könnte sich um einen Scan handeln!"

Samantha rief: „Ich verzeichne jetzt eine Erhöhung der Neutrinos. Es kommt irgendetwas durch das Wurmloch!"

Corinna rief laut: „Alle Waffen bereithalten!"

Samantha schrie förmlich: „Achtung! Jeeeetzt!"

Dann sahen sie es wie aus dem Nichts, begleitet mit hellen Blitzen, kam ein kleines Schiff aus der Richtung des Wurmloches. Es war das Schiff der Insektaner. Der Tachyonenstrahl traf die Aminata.

Corinna schrie: „Feuer!"

Otekah schoss eine volle Ladung von acht Torpedos zu dem Schiff. Parallel dazu feuerte Onatah mit allen Laserkanonen gleichzeitig in die gleiche Richtung. Otekah machte eine nächste Ladung von acht Torpedos fertig und schoss sie ab. Sekunden später explodierte das Schiff der Insektaner. Eine gewaltige Detonation zerriss das Schiff. Noch in greller Blitz und alles war vorbei. Es gab nur noch eine kleine Gravitationswelle. Aber die Aminata wackelte nur ein kleines bisschen.

Alle sahen gebannt auf das Schauspiel. Sie hatten den Insektanern nicht die geringste Chance gelassen. Ohne Vorwarnung wurde das Schiff völlig vernichtet.

Sie saßen noch ein paar Sekunden schweigend auf der Brücke. Corinna brach das Schweigen: „Sam, scanne die Trümmer."

Samantha sah auf ihre Instrumente und sagte: „Das hat keiner überlebt."

Onatah rief vor Freude: „Wir haben es geschafft!"

Luna wollte wissen: „Und was passiert nun?"

Corinna sagte lachend: „Nun? Jetzt geht es nach Hause! Außer einem kleinen unerklärlichen Blitzen hat man auf der Erde nichts bemerkt!"

Samantha war nicht so sicher: „Bist du sicher?"

Corinna nickte: „Jetzt im 22. Jahrhundert war die äußerste Station auf dem Mars. Außerdem gibt es unbemannte Satelliten bei Io und am Titan. Das ist alles zu weit weg."

Samantha sagte: „Dann würde ich sagen, wir verschwinden so schnell wie möglich.“

Corinna stimmte zu: „Ganz recht. Sam, programmiere das Modul auf unsere Zeit, kurz nach unserem Abflug.“

Samantha nickte: „Ich denke so eine Woche nach unserem Abflug wäre richtig, oder?“

Corinna meinte: „Genau. Das ist eine gute Zeit.“

Samantha programmierte nun das Modul auf die gewünschte Zeit. Nach zwei Stunden machte sie die Triebwerke fertig. Dann startete die Aminata in Richtung Wurmloch.

31.

Die Fahrt durch das Wurmloch war wie immer. Als sie aus dem Wurmloch herauskamen, waren alle gespannt. Waren sie in der richtigen Zeit? Auch wenn es beim ersten Mal geklappt hat, muss es jetzt nicht wieder klappen.

Corinna drehte sich zu Samantha: „Sam, wo sind wir?“

Samantha antwortete: „Wir sind richtig auf der Neptunbahn!“

Corinna fragte weiter: „Welche Zeit?“

Samantha scannte das Sonnensystem und die Sterne: „Wir sind richtig. Die Sternenkonstellation, die

Planetenbahnen, die Mondbahnen! Alles in Ordnung!"

Corinna drehte sich nun zu Otekah: „Otekah, rufe die Station auf dem Mond Europa!"

Otekah rief über Tachyonenstrahlen die Stationen auf Europa, auf dem Titan, Io und Mars.

Otekah schaute Corinna an und sprach: „Ich habe hier Meldungen vom Io, von Europa und Mars. Man fragt an, warum wir schon nach zwei Wochen wieder da sind."

Corinna atmete hörbar auf: „Nach zwei Wochen? Wir wollten doch nach einer Woche wieder hier sein! Hoffentlich ist nicht mehr schiefgelaufen. Melde Ihnen, bei uns ist alles in Ordnung. Wir fliegen zum Mars. Wir werden in zwei Stunden dort sein!"

Die zwei Stunden Flug zum Mars kamen ihnen unendlich lang vor. Jeder konnte es kaum erwarten, wieder nach Hause zu kommen. Hoffentlich ist die Gegenwart so wie sie sein soll.

Sie saßen alle außer Samantha, welche Dienst auf der Brücke hatte, in der Kombüse. Luna und Saydala waren ein bisschen aufgeregter als die Anderen.

Luna fragte: „Was werden sie sagen, dass sie nun einen Gast aus der Zukunft hier haben? Noch dazu, dass es mich in der Zukunft gar nicht geben wird, weil diese Zukunft nicht eintreten wird?"

Saydala nickte dazu: „Und ich, eine Außerirdische?"

Corinna lächelte: „Macht euch keine Sorgen. Es wird alles gut."

Von der Brücke meldet sich Samantha: „Corinna. Hier will dich jemand sprechen!"

Corinna rief: „Ich komme!"

Corinna eilte auf die Brücke. Sie schaute gleich auf den großen Bildschirm und sprach: „Guten Tag Dr. Libasse Dumont und Frau Mareike Vandenberg. Was kann ich für Sie tun?"

Dr. Dumont winkte: „Hallo Corinna. Ich freue mich, dass sie offenbar gesund wieder da sind. Ich dachte nicht, dass Sie so schnell wieder da sind. Haben Sie Otekah und Jack gefunden? Und haben Sie aufgeklärt, wer die Marsstation zerstörte?"

Corinna lächelte ihn an: „Alles geklärt. Otekah ist bei uns an Bord. Naja, und so schnell war es nun auch wieder nicht. Es gibt Zeitverschiebungen durch den Aufenthalt in Wurmlöchern. Aber es wird alles in meinem Bericht stehen:"

Vandenberg sprach: „Fliegen Sie zur Station Okavango. Wir werden dort alles Weitere besprechen. Wir sind auf jeden Fall alle froh, dass Sie wieder gesund hier sind."

Corinna sagte: „Ich muss noch erwähnen, dass wir zwei Gäste an Bord haben. Zum einen eine Außerirdische und eine Frau aus der Zukunft. Und Jack Buchanan hat es leider nicht geschafft. Er ist leider ums Leben gekommen. Aber, wie gesagt, es steht alles in meinem Bericht."

Dumont schaute ungläubig: „Okay. Wir erwarten Sie auf der Station Okavango."

Der Bildschirm zeigte nun wieder den Sternenhimmel und im Zentrum den Mars. Corinna wandte sich an Samantha: „Wie lange noch?"

„Noch fünfzehn Minuten!" antwortete Samantha.

Die Aminata verringerte langsam ihre Geschwindigkeit. Die Station Okavango hat ihr einen Platz zum Andocken zugewiesen. Es gab ein kurzes Vibrieren, und das Schiff dockte an. In der Aminata standen alle schon etwas aufgeregt vor der Ausstiegsluke. Als diese aufging sahen sie Dr. Libasse Dumont, Sicherheitsdienst der Afrikanischen Union und Mareike Vandenberg vom Geheimdienst. Weiter hinten standen einige Angehörige.

Dr. Dumont hob die Hand und sprach: „Ich begrüße Sie in der Heimat. Ich freue mich, dass Sie Alle gesund sind."

Corinna verbeugte sich leicht und erwiderte: „Vielen Dank für den Empfang. Darf ich Ihnen Luna Korhonen und Saydala vorstellen? Wer sie genau sind, hören Sie in meinem ausführlichen Bericht."

Dr. Dumont nickte dazu: „Das ist in Ordnung. Also auch an Sie beide, Luna Korhonen und Saydala, herzlich Willkommen."

Mareike Vandenberg: „Auch von mir ein herzliches Willkommen. Auf Ihren Bericht bin ich schon sehr gespannt. Aber nun machen wir erst einmal Schluss. Dort hinten warten schon einige sehr aufgeregte Leute!" Mareike Vandenberg wies nach hinten und lachte.

Dann verabschiedeten Dr. Dumont und Mareike Vandenberg sich. Corinna und Samantha liefen nun zu Fred und John. Corinna umarmte Fred und küsste ihn. Auch Samantha fiel ihrem John um den Hals und küsste ihn. Von Gabriel waren seine Eltern angereist. Die Begrüßung war auch sehr herzlich. Otekah sah sich um. Sie sah Commander Bill Buchanan, den Vater von Jack und ihre Schwester Misae Black. Auch sie wurde herzlich willkommen geheißen. Otekah sagte ihnen, wer sie sei. Bill Buchanan nahm sie in die Arme. Otekah fing leise an zu weinen. Der Verlust von Jack schmerzte sehr. Otekah stellte ihnen dann Onatah vor, die Tochter von Jack. Bill nahm seine Enkelin in den Arm. Auch Luna wurde von ihm freundlich begrüßt.

„Es ist schön, dass du wieder da bist. Ich möchte aber von dir erfahren, wie mein Sohn gestorben ist!" sprach Bill Buchanan.

„Ja natürlich." antwortete Otekah.

Bill Buchanan nickte ihr zu und sagte: „Erzähle es mir später. Aber bevor ich es vergesse. Dort hinten im Kontrollzentrum sitzt ein junger Mann, welcher dich auch begrüßen will. Er ist schon ganz zappelig." Otekah sah zu der Tür des Kontrollraumes. Sie war noch etwas zögerlich.

Bill Buchanan: „Nun geh schon. Er wartet auf dich." Langsam ging Otekah zur Tür des Kontrollraumes. Sie klopfte an und öffnete vorsichtig die Tür. Drinnen stand Frank Silver. Er schaute Otekah mit großen Augen an.

Otekah sprach leise: „Hallo Frank!"

Frank schluckte und sprach: „Hallo Otekah!"

Otekah lächelte und ging auf ihn zu: „Ich habe mich sicher sehr verändert. Durch eine Zeitverschiebung bin ich nun schon einundfünfzig Jahre alt."

Frank nickte leicht: „Ich habe davon gehört. Aber, aber das ist mir egal. Du weißt, dass ich dich liebe. Daran hat sich nichts geändert."

Otekah sah ihn mit großen Augen an: „Du willst trotz meines Alters mit mir zusammen sein?"

Frank lächelte verlegen und sagte entschlossen: „Ja, das will ich."

Otekah hob ihre Hand und strich Frank über das Haar. Plötzlich fielen sie sich in die Arme und küssten sich. Es war ein sehr langer und leidenschaftlicher Kuss. Beiden war es, als fiele eine gigantische Last von ihnen.

Otekah und Frank gingen nun Hand in Hand zu den Anderen. Somit hatte ihre Heimkehr für alle ein Happy End. Sie waren sich aber alle einig, dass sie weiter den Weltraum erkunden wollen. Aber zunächst wollten alle ausgiebig Urlaub machen. Otekah und Frank wollte seine Eltern in Kanada besuchen. Onatah und Luna wollten in die Heimat von Onatah ihren Vorfahren, am Ontariosee, besuchen. Saydala und Gabriel fuhren mit seinen Eltern nach Wellington in Neuseeland. Samantha fuhr mit John nach Cairns in Australien. Corinna und Fred wollten nach Windhuk in Namibia.

Bei der Verabschiedung sagte Bill Buchanan zu Allen: „Machen Sie es sich nicht zu gemütlich. Wie Sie sicherlich wissen, gab es ein Phänomen aus dem vorigen Jahrhundert, welches wir noch nicht geklärt haben. Es gab da eine mächtige Detonation in der Nähe der Bahn des Neptuns im vorigen Jahrhundert. Wir wissen bis heute nicht, was das war. Unsere Sonden haben keine Spuren gefunden. Wir rüsten eine Expedition aus, um das zu untersuchen! Es wird bestimmt ein großes Abenteuer!"
Corinna lachte: „Wir sind zu allem bereit!"

Die bisherigen Abenteuer von Corinna und Samantha:

Star Adventure   - GAIA
Star Adventure 2 - Irrflug ins Ungewisse
Star Adventure 3 - Otekah, das Sonnenmädchen

Die Abenteuer von Corinna, Samantha und ihren Freunden gehen weiter:

Star Adventure 5 - Die Pforte zur Unendlichkeit